깨지고 금 간 마음을 다독여
한없이 둥글게 세상을 비추어갈

_____ 에게

세상을 담고 싶었던

컵 이야기

세상을 담고 싶었던

컵 이야기

박성우 글   김소라 그림

오티움

차례

(갑자기 낯선 곳에 혼자)

강가 풀숲 미루나무 아래에 컵이 놓여 있다.

입이 크고 둥근 머그컵. 한 뼘이 채 안 되어 보이나 반 뼘은 훌쩍 넘어 보이는 높이를 가진 머그컵. 두 손으로 감싸 쥐면 몸통이 마침맞게 손바닥에 감길 것 같은 둘레를 가진 머그컵. 안쪽을 들여다보면 바닥이 깊고 품이 넓어 까다롭지 않게 무언가를 품어 안을 수 있을 것 같다. 제아무리 모가 난 것일지라도 안에 담기기만 하면 둥글둥글 둥글어지고야 말 듯하다. 머그컵의 옆구리엔 하트의 반을 잘라 붙인 것 같은 손잡이가 부드럽고 사랑스러운 곡선을 이루며 달려 있다.

이 반절의 하트 사이에 검지와 중지를 넣고 손잡이 윗부분에

엄지를 얹어 살짝 들어 올리면 가뿐하게 올려질 컵. 아랫입술과 윗입술을 가볍게 적시며 안에 품고 있는 걸 아낌없이 내어주었을 컵. 하지만 지금은 그저 강가 풀숲에 놓여 있는 컵. 어떤 즐거운 걸음을 따라 나왔다가 혼자 남겨지게 된 컵. 자신을 깜빡 두고 멀어져갔을 발소리를 까막까막 들었을 컵.

이 머그컵의 이름은 커커다. 혹여 컵에게도 이름이 다 있느냐고 물어보는 사람이 있다면 그 사람은 아마도 자신이 아끼는 개인용 컵을 갖고 있지 않은 사람이거나 먹고사는 일이 바빠 소소한 것들에 신경 쓸 겨를이 없는 사람일 확률이 높다. 어쩌면 고정관념을 깨는 걸 두려워하는 사람일지도 모르고, 어떤 존재에 대하여 깊이 생각해보는 걸 그리 좋아하지 않는 사람일지도 모른다.

그러나 그건 상관없다. 지금 강가 풀숲에 누군가 두고 간 머그컵이 있고, 그 머그컵의 이름이 커커라는 게 중요하다. 커커는 갑자기 낯선 곳에 혼자 남겨지게 되었으니까. 바깥세상으로 나와 갑자기 쓸모없는 존재가 되고 말았으니까. 하지만 세상에 진짜 쓸모없는 존재가 있을까? 사람의 입술 안쪽에 따뜻하고 감미로운 것들을 내주고 때로는 차고 시원한 것들을 내주었을 컵 커커. 커커는 지금 강가 풀숲 미루나무 아래에 놓여 있다. 정확히는 미루나무에서 강물 쪽으로 열두 발짝쯤 앞에 놓여 있다.

'이젠 뭘 담아야 하지? 이젠 뭘 내줘야 하지?'

커커는 문득 뭉게구름을 둥실, 담아본다. 연한 햇살과 연둣빛 풀
냄새를 남실남실, 채워본다. 강바람 소리를 둥글게 굴려보고 강물 소
리를 동그랗게 품어본다. 이 기분 이 느낌은 뭘까? 물이나 커피같이
일상적인 것만 담아왔을 컵. 그대가 사랑하는 이의 입술보다도 그대
의 입술에 더 많이 닿았을 컵. 컵 이야기는 여기서 시작된다.

'컵 안에 이야기를 담을 순 없을까?'

1

마음도 날개처럼 딱

외로움도 없을 것 같고 쓸쓸함도 없을 것 같고 제아무리 힘든 일이 생겨나도 결코 두렵지 않을 것 같은 우리라는 말. 장다리꽃 같기도 하고 장다리꽃밭 같기도 한 우리라는 말. '우—리' 하고 천천히 입술을 열면 입 안 가득 장다리꽃 향기가 들어와 고이는 말.

강가에 장다리꽃이 핀다. 배추 뿌리가 밀어 올린 꽃줄기엔 샛노란 장다리꽃이 피어나고 무 잔뿌리가 끌어 올린 꽃대에선 연보라 장다리꽃이 피어난다. 눈여겨 바라보면 바람이 보인다. 배추장다리꽃밭을 건너가는 바람은 샛노랗고, 무장다리꽃밭을 건너가는 바람은 연보랏빛이다. 첨벙첨벙, 강물을 건너온 한 무리의 바람이 일제히 장다리꽃밭으로 뛰어든다. 배추장다리꽃밭과 무장다리꽃밭으로 뛰어들어 자기들 마음대로 배추장다리꽃이 되고 무장다리꽃이 되어 흔들린다. 매끈한 종아리를 드러낸 채 키득키득 샛노란 빛깔로 흔들리고 연보랏빛으로 흔들리다가 휙휙, 강 언덕으로 쏠려 올라간다.

강 언덕에는 봄볕이 켜켜이 쌓여 있다. 바람은 강 언덕에 켜켜이 쌓여 있는 맑고 투명한 봄볕을 허물어 밀며 강 언덕 아래로 굴러 내려온다. 아무렇게나 뒤엉켜 데굴데굴 경사면을 따라 굴러 내려오다 실로폰 소리처럼 튕겨 오르기도 하는 봄볕과 바람, 샛노란 꽃 냄새를 펑펑 터트리고 연보랏빛 꽃 냄새를 펑펑 터트린다. 대책 없이 장다리꽃 냄새를 터트려 강물에 흘려 보내기도 하고 더러는 사람이 사는 마을로 보내기도 한다.

뒤꿈치 들고 살금살금 장다리꽃밭을 건너던 강바람이 갑자기 보폭을 넓혀 뛰기 시작할 때였다. 일순간에 균형을 잃은 배추흰나비 한 마리가 가까스로 머그컵 커커의 어깨 위로 내려앉는다. 휴우— 휴우— 몇 번이나 자세를 고쳐 잡아 앉은 뒤에야 양 날개를 접는다. 간지러운 느낌이 든 커커가 어깨를 가볍게 들어 올렸다 내린다.

누구나 처음 만나면 어딘지 모르게 어색하다. 시선은 어디에 두어야 할지, 무슨 말을 어떻게 해야 할지, 어떤 표정을 지어야 할지, 대체로 난감하다. '그냥 서로 편하게 대하지'라는 말을 섣불리 꺼냈다가 오히려 더 분위기가 어색해지거나 마음이 경직되기도 한다.

"안녕, 난 배추흰나비 나나라고 해!"

"그래, 안녕. 난 머그컵 커커야."

둘은 무난한 인사를 나눈다.

'어쩜 이렇게 단단하지?'

나나는 처음 만난 커커가 어쩐지 듬직하게 여겨진다. 둥근 어깨가 풀잎처럼 흔들리지 않는 게 마음에 든다. 풀잎이나 꽃줄기처럼 가냘프지도 않고 나뭇잎처럼 얇지도 않은 아늑하고 편안한 의자 같다. 거기에다 친숙한 꽃 냄새도 난다.

"너도 꽃을 좋아하니?"

"응, 너만큼은 아니겠지만."

둘은 꽃을 좋아한다는 공통점을 발견한다. 그리고 곧, 같은 걸 좋아한다는 것만으로도 조금은 더 가까워진 느낌을 받는다. 기분 좋은 관심도 생긴다.

"너한테서 꽃 냄새가 나."

"아, 그래?"

나나는 꽃향기가 가득 담긴 컵의 안쪽을 들여다보며 말하고 커커는 멋쩍은 듯 대답한다.

"너는 어쩜 이렇게 꽃향기를 가득 담고 있을 수 있지?"
"응, 뭔가를 담는 게 내 일이거든."
커커는 아무렇지 않은 듯 대답한다. 하지만 실은 얼마 전부터 부지런히 컵 안 가득 장다리꽃 향기를 모았다. 내가 컵이 아니고 양동이라면 좋겠어, 장다리꽃에서 뚝뚝 떨어지는 꽃향기를 그냥 흘려버리기가 아까워 나름대로 최선을 다했다. 장다리꽃 냄새를 지금 담아두지 않으면 언제 사라질지도 몰라 허투루 할 수 없기도 했다.

"그러고 보니 넌 하얀색이 잘 어울리는 것 같아."
"너도 흰색이 잘 받는 것 같은데!"
둘은 서로에 대한 가벼운 칭찬과 함께 같은 색깔을 가지고 있다는 또 하나의 공통점을 발견하는 일로 거리감을 좁힌다.

"음, 그런데 말이야. 넌 날개도 없는데 어떻게 향기를 가져와 담을 수 있지?"
은근한 호기심이 생긴 나나가 더듬이로 물음표를 그려 보이며

물었다.

"음, 그거는 간단해. 향기 있는 곳에 내가 있기 때문이지!"

커커의 대답은 싱거웠지만, 뭔가 많은 생각을 하게 하는 대답이라고 나나는 생각한다.

사실 커커는 자신이 꽃향기를 모으게 될 줄은 몰랐다. 강가 풀숲에 혼자 남겨지기 전까지만 해도 자신이 꽃향기를 담아낼 수 있는 존재라는 것조차 알지 못했다. 그저 누군가의 손에 들려 누군가의 입에 마실 것을 기울여주는 존재로만 지내왔다. 물이나 커피 같은 걸 습관처럼 담아내는 존재.

풀숲에 혼자 남겨진 커커는 자신이 맞이한 상황이 처음엔 당혹스러웠다. 하지만 그는 하루아침에 쓸모없는 존재가 되거나 버려진 것만은 아니라고 생각했다. 위기는 자신의 새로운 재능을 발견하게 하는 힘을 가지고 있으니까, 위기는 지금껏 보지 못한 세상을 바라보게 하는 눈을 뜨게 해주니까, 그리고 위기는 이제껏 해본 적 없는 신선한 일에 도전할 기회를 기꺼이 제공해주니까. 어쩌면 커커는 자기 안에만 갇혀 살다가 자기 밖으로 나와보는 묘한 기분을 느꼈는지도 모른다.

늘 하던 일을 습관처럼 해오다가 어느 날 갑자기 그 일을 하지 못하게 되면 누구라도 처음엔 안절부절 당황한다. 어떤 이는 자책이나 노여움을 선택하고 어떤 이는 좌절 쪽으로 무기력하게 기울고 만다. 하지만 이것은 당연한 일일 것이라고 커커는 생각했다. 책망과 분노와 절망의 시간을 서둘러 보내줘야 기쁨과 행복과 희망의 시간이 앞당겨질 테니까. 안절부절 당혹스러워하는 시간을 보내주지 않으면 더 새롭고 더 신비롭고 더 벅찬 시간이 끝끝내 오지 않을지도 모르니까.

그랬다. 갑자기 세상 바깥으로 나와 강변에 혼자 남겨진 커커는 초조하고 불안해 어찌할 바를 몰랐지만 무용한 존재로 남고 싶지는 않았다. 그렇게 그는 수동적 존재에서 능동적 존재로 조금씩 달라졌다. 커피나 녹차 따위만을 담아야 한다는 좁은 생각에서 벗어나 이제껏 생각지 못한 것들을 담아내고 품어낼 수 있는 존재로 점점 자신을 바꿔갔다. 그새 이렇듯 향기롭고 귀한 꽃향기를 담아내는 존재로.

'근데, 이거 뭐지?'
나나는 문득 '향기가 있는 곳에 있기 때문에 향기를 담을 수 있

다'고 한, 조금 전 커커의 말을 다시 더듬어본다. 별말 아닌 것 같은데 들여다볼수록 뭔가 향기롭고 깊이가 느껴지는 그 말. 나나는 커커가 근사하다고 생각한다.

"커커야, 너 혹시 철학 하는 컵이니?"
"그런 거 몰라. 난 그냥 컵일 뿐이야."
둘은 가볍게 씨익 웃고는 봄 하늘을 멀뚱멀뚱 바라본다.

다시 보니 커커는 어쩐지 여유롭고 듬직해 보인다. 이런 여유로움과 듬직함은 어디서 오는 걸까, 나나는 문득문득 궁금해진다. 처음부터 생기지는 않았겠지, 나나는 더듬이를 가볍게 움직이면서 자신의 예전 모습을 더듬더듬 더듬어본다.

누구에게나 애벌레 시절은 있다. 어쩐지 서툴고 불안하고 어딘지 모르게 징그럽기도 한 애벌레 시절.
나나는 배춧잎 뒷면에서 태어났다. 처음엔 아주 작고 여린 연둣빛 알이었고 점점 노란 빛깔을 더해가는 알이었다. 그런 그는 작고 여린 알 속에서 꾸물꾸물, 알껍데기를 뚫고 나와 애벌레가 되었다. 보송보송한 솜털을 가진 노란 애벌레.

뭘 해야 하지? 뭘 어떻게 해야 하지? 자신이 나온 알껍데기를 갉아 먹은 노란 애벌레는 연하고 부드러운 연두 이파리를 골라 갉아 먹었다. 노란빛이었던 몸을 연둣빛 몸으로 바꾸었다.

저 위쪽엔 뭐가 있을까, 연두 애벌레는 초록 배춧잎을 사각사각 갉아 먹으면서 삐뚤빼뚤 서툴게 구멍을 늘려갔다. 몸에 초록빛을 더해가며 둥그렇게 뚫어낸 구멍으로 파란 하늘과 흰 구름을 올려다봤다. 좀 더 큰 창을 내야겠어, 몸을 훌쩍훌쩍 늘려가던 애벌레는 이전보다 훨씬 큰 창문을 열어두고 생각날 때마다 높고 파란 하늘을 올려다봤다.

연두 애벌레의 머리는 점점 굵어졌고 가슴과 배도 제법 통통해졌다. 다리는 하루가 다르게 튼실해졌고 솜털은 점차 뻣뻣해졌다. 애벌레는 옷이 작게 느껴질 때마다 허물 벗는 일을 반복했다. 그리고 곧 번데기 안으로 들어가 지루하고 긴 잠에 들었다. 그때까지만 해도 배추흰나비는 자신의 몸속에 날개가 들었다는 것을 까마득히 몰랐다. 겨드랑이가 왜 자꾸 간지럽지? 배추흰나비는 번데기를 열고 나와 생애 처음으로 날개를 쓱, 펴보았다. 애벌레 시절에 보던 하늘 쪽으로 팔랑팔랑 가볍게 날아오르면서.

'그땐 내가 참 어렸었지. 배춧잎과 배춧잎 구멍으로 올려다보던 하늘이 세상의 전부인 줄 알았으니까.' 애벌레 시절을 더듬어보던 나나가 가볍게 웃다가 커커의 어깨를 툭 치면서 날아올랐다 내려온다.

"와, 우아하고 아름다운 날갯짓이야!"
나나를 올려다보던 커커가 말했다.

"넌 내가 원래는 털이 숭숭 난 애벌레였다는 게 믿어지니?"
나나는 자신의 어제에 대해 말해주었다. 자신이 얼마나 작고 못난 존재였는지, 얼마나 단순하고 보잘것없는 하루하루를 보냈는지, 얼마나 서툴고 불안한 시기를 건너왔는지, 세상을 보는 시야가 얼마나 좁았는지.

커커는 자신의 어제에 대해 말하는 나나의 말을 들어주었다. 그가 얼마나 앙증맞고 귀여운 존재였는지. 그가 얼마나 귀하고 보람찬 하루하루를 보냈는지, 비록 서툴게 보일지는 몰라도 얼마나 아름다운 모습으로 불안하고 힘든 시기를 건너왔는지, 조금이라도 더 너른 세상을 보려고 얼마나 애썼는지!

"넌 내가 원래는 한 덩이 진흙이었다는 게 믿어지니?"

이번엔 커커가 툭, 말을 던졌다. 그리고 한 덩어리 진흙에 불과했던 자신에 대해 말해주었다. 아무렇게나 뒤엉켜 밟히던 자신에 대해, 수없이 치대고 뭉개던 손길에 대해. 그리고 불가마 안에서의 두려움과 무서움에 대해.

"나는 네가 왜 이렇게 듬직해 보이고 여유로워 보이는지, 이제 알 것 같아."

나나는 커커의 말에 고개를 끄덕이며 말했다.

둘은 제각기 자신의 예전 모습을 드러내는 일로 마음을 나눴

다. 그리고 둘은 숨기고 싶었을 자신의 모습을 떳떳하게 드러내는 일로 자신을 더욱 아껴주고 사랑해주었다.

"오늘은 바람이 좀 불 것 같으니 여기서 자고 갈래?"
"그래, 그게 좋겠어."
커커와 나나는 별이 뜨는 밤처럼 고요하고 아름답게 깊어졌다가 환해졌다.

"커커, 다음에 또 보자!"
"그래 나나, 우리 다음에 또 봐."

나나는 커커에게 인사를 하고는 팔랑팔랑, 가뿐하게 장다리꽃밭 위로 떠오른다. 우리? 나나는 커커한테서 들은 '우리'라는 말도 가뿐하게 띄워 올리며 장다리꽃밭 위로 한껏 날아오른다. 외로움도 없을 것 같고 쓸쓸함도 없을 것 같고 제아무리 힘든 일이 생겨나도 결코 두렵지 않을 것 같은 '우리'라는 말. 장다리꽃 같기도 하고 장다리꽃밭 같기도 한 '우리'라는 말. '우─리' 하고 천천히 입술을 열면 입 안 가득 장다리꽃 향기가 들어와 고이는 말.
"그래, 또 봐. 우리!"

2

눈가를 쓱쓱 닦고

집이 가까워져 오자 일일이는 왈칵, 눈물이 쏟아졌다. 온전히 따뜻하고
온전히 뜨거운 눈물이었다. 눈가를 쓱쓱 닦고 집으로 들어가려던 일일이
가 중얼거렸다. '그래, 난 혼자가 아니야.'

“야, 엉덩이 좀 더 내밀어봐!”

“이렇게?”

“그래, 좋아. 아주 조금만 더 올려.”

“이 정도?”

“그래, 됐어. 딱 좋아!”

일개미 일일이가 진딧물의 꽁무니에 얼굴을 들이민다. 호흡을 가다듬고 진딧물의 엉덩이를 톡톡 건드려, 단물을 받을 준비가 되었다는 신호를 보낸다.

“준비됐지? 자, 한 방울 나간다!”

일일이가 재빠르게 진딧물의 꽁무니에서 나오는 단물을 받는다.

"와, 뭘 먹었기에 이렇게 달지?"

"야, 떠들지 말고 조용히 핥아 가기나 해."

"아 참, 오늘따라 왜 이렇게 까다롭게 구셔."

"뭐, 까다롭게 군다고? 야, 내 꽁무니나 빨아 먹고 사는 주제에 무슨 말이 그렇게 많아!"

일일이는 일순간에 자존심이 상한다. 하루 이틀 겪는 일도 아니지만 여전히 적응되지 않는다. 왜 자신에게만 유독 짓궂게 구는지 이해할 수 없다. 그렇다고 이 일을 그만둘 수는 없다. 일을 그만두면 당장 애벌레들이 굶어 죽게 될지도 모른다.

'아, 내 참. 진짜 더는 못 해 먹겠네.'

그는 진딧물 꽁무니에서 나온 단물을 구해 애벌레 육아 담당 일개미에게 넘기고 나오면서 중얼거린다.

'아니 내가 무당벌레한테서 구해준 게 몇 번인데 항상 까다롭게 구는 거지.'

일일이는 동료 일행과 함께 개미굴을 빠져나가 다시 단물을 구하러 나가면서도 자신이 당한 일에 대해 생각한다. 하지만 오늘 나오는 단물은 그야말로 최상이다. 진딧물의 꽁무니에서 나오는 단물이 유별나게 달고 진하다. 부지런을 떨어서 가급적 질 좋은 단물을 많이 구해둬야 한다.

'별일 아냐. 먹고사는 일이 다 그렇지 뭐.'

그는 걸음을 떼면서 자신에게 마법을 걸듯 몇 번이고 되뇐다. 진딧물 꽁무니에 바짝 얼굴을 들이밀고도 같은 말을 속으로 반복한다. 일일이는 숨을 길게 내쉬는 일로 화를 삭이며 호흡을 가다듬는다. 그리고 나긋나긋한 목소리로 말한다.

"진딧물아, 매번 고마워. 이번에도 진한 단물로 좀 부탁할게."

그는 지금 자존심이고 뭐고 없다. 오직 어린 애벌레들만 생각한다. 세상에 쉬운 일 같은 건 없다고 여기며 다시 한번 마음을 다잡는다. 그는 진딧물의 엉덩이를 톡톡 건드리고는 꽁무니에 얼굴을 바짝 들이민다. 그렇지만 진딧물은 이번엔 아예 단물을 내주지 않는다.

"얼마나 더 기다려야 하지?"

"야, 말 걸지 말고 그냥 기다리라고!"

인내심의 한계점에 닿은 일일이는 단물을 구하다 말고 뛰쳐나간다. 다른 동료 개미들이 그를 바라본다. 하지만 따로 쫓아와 붙잡는 이는 없다.

일일이는 무작정 걷는다. 중얼중얼 씩씩거리며 걸음을 옮기는 일로 화를 식힌다. 평소 다니지 않던 외길로 빠져 깊숙이 들어가면서도 거침없이 나아간다. 한참이나 그렇게 길을 걷던 일일이가 갑자기 멈추어 선다. 여긴 어디지? 너무 멀리까지 나온 일일이는 덜컥 겁이 나기 시작한다. 주변 지형을 살피며 자신의 위치를 가늠해보지만 짐작하는 게 쉽지 않다.

'와, 저 희고 둥글고 큰 건 뭐지?'
주위를 두리번거리던 일일이는 희끗희끗 보이는 커다란 성을 발견한다. 도무지 끝이 보일 것 같지 않은 높이를 가진 웅대한 성. 여태껏 듣도 보도 못한 거대한 성을 발견한 일일이는 엄청난 규모 앞에서 잠시 멈칫한다. 발을 내딛어보니 벽이 상당히 미끄럽다. 개미인 내가 못 올라갈 데가 어딨어, 잠시 머뭇거리던 그는 배와 발끝에 힘을 주고 단단한 외벽을 타고 오르기 시작한다. 제 몸보다 몇 배는 큰 먹이를 물고 벼랑길을 오르락내리락하던 일에 비하면 아무것도 아니라고 여기면서.
가장 높은 곳에 오른 일일이는 시야가 확 트인 주변을 내려다보면서 답답했던 속이 조금은 풀리는 것 같은 느낌을 받는다. 하지만 그것도 잠시. 홧김에 걸어왔던 길을 더듬어보니 지나온 길이 까마득하다. 돌아가야 할 길도 만만치 않겠구나, 얼떨결에 걱정 하나를 더 얻은 일일이가 컵 손잡이 윗머리로 자리를 옮겨 먼 곳을 바라본다.

"무슨 근심거리라도 있어? 안색이 영 안 좋아 보이네."

기껏 올라오더니 한숨이나 내쉬고 있는 일일이를 보고 커커가 먼저 말을 건넨다.

"별건 아니고, 진딧물 꽁무니나 빨고 사는 내가 한심해 보여서 그래."

일일이는 커커에게 먹고사는 일의 곤욕스러움에 대해 털어놓는다. 커커는 딱히 해줄 수 있는 말이 떠오르지 않는다. 그러다가 툭 한마디 던진다.

"동료들에게 도와달라고 말해보지 그래?"

"모두가 나 같은 건 신경 쓰지 않아!"

"왜 그러지. 바빠서 그런가."

"모르겠어. 늘 같이 다니지만 언제나 혼자라는 생각이 들어."

"소외감이 든다는 얘기니?"

"그런 건지도 모르지."

일일이는 늘 동료와 함께 일을 해오면서도 같이 있다는 생각이 그리 들지 않았다. 오히려 혼자라는 생각이 더 많이 들곤 했다.

"일이 맞지 않아서 그러는 건 아닐까?"

"그래, 그런 건지도 모르지."

"그럼, 비교적 온화한 애벌레 육아 같은 걸 해보지 그래?"

"어휴, 애들 젖 먹이고 똥 치우며 수발하는 게 얼마나 힘든데."

"그럼 무슨 일을 하고 싶은 거지?"

"그러게. 문제는 그걸 내가 아직도 잘 모르겠단 거야."

그는 원래 병정개미를 꿈꿨다. 그 험하다는 유격 훈련도 곧잘 해냈고 재미있어했다. 늘 용감했고 싸움 능력도 탁월했다. 병정개미와 19 대 1로 대련해 이긴 적도 있었고, 병정개미들이 모두 나가 있는 틈에 갑자기 기습해 온 옆 동네 개미부대원과 53 대 1로 혼자 맞서 동굴 입구를 지켜야 했을 때도 전혀 두렵지 않았다. 그는 병정개미계의 전설이 될 수 있을 거라고 자부했지만, 끝내 병정개미가 되지는 못했다. 그저 그런 일개미로 태어났기 때문에 처음부터 병정개미가 될 수 없었던 것이다.

"병정개미가 될 수 없다면 아무 일이나 할게요."

일일이는 여왕개미의 수발을 드는 일로 직장 생활을 시작했다. 겉으로 보기에는 어려울 것 없는 일이었다. 하지만 일이라는 건 멀

리서 바라볼 때와 현장에 직접 투입되었을 때가 다른 법이다. 여왕 개미는 매우 까다로웠고 성질도 보통이 아니었다. 알은 왜 그렇게 많이 낳는지. 여왕개미 곁을 지키는 일도 여왕개미가 낳은 알을 살피는 일도 그에겐 만만치 않았다. 여왕개미의 성질을 이겨낼 자신 감은 점차 사라졌고 늘 긴장감을 유지한 채 조마조마하게 알을 살펴야 하는 일도 점점 벅차게 느껴졌다. 자신의 실수로 알이 잘못되어 죽어가는 모습은 차마 눈 뜨고 볼 수 없었다. 무엇보다 그는 자책감에 시달려야 했다.

"저기, 도저히 적성에 안 맞아서 그러는데요. 다른 곳으로 좀 보내주시면 안 될까요?"

일일이는 먹이 창고를 정리하고 관리하는 일을 맡게 되었다. 이 일은 무척 적성에 맞는 것 같았다. 식량을 구하러 갔던 일개미들이 먹이를 구해 오면 그걸 분류해 저장만 하면 되는 일이니까 그다지 어려울 것도 없어 보였다. 하지만 막상 일을 시작해보니 역시나 보는 것과는 적잖은 차이가 있었다.

"제11 창고관리팀, 이것 좀 147번 창고로 옮겨줘요."
"아니 우리 팀원이 몇 명인데 수십 수백 개미가 끌고 온 이 거대한 먹이를 어떻게 147번 창고까지 옮겨요."

"아니, 그것도 못 해?"

일일이가 속한 팀은 매번 구불구불 비좁은 창고로 먹이를 옮기느라 땀을 뻘뻘 흘려야 했다.

"여기 265번 창고 담당 누구지?"

"예, 전데요!"

"아니, 일일이 씨. 먹이가 이렇게 썩어나가는데 아무런 조치도 안 하고 지금 뭐 하는 거죠?"

매일 신경을 곤두세운 채 아무리 애를 써도 먹이 관리는 쉽지 않았다.

"뭐야, 1792번 상자가 왜 비어 있어. 여기 있던 먹이 빼돌린 게 누구야!"

"……."

"여러분의 양심을 저는 믿어요. 그러니 양심을 속인 팀원은 조용히 앞으로 나와주세요."

먹이를 저장하는 창고에서 근무하는 일은 정말이지 적성에 맞지 않는 것 같았다. 불미스러운 일이 생길 때마다 의심을 받는 것도 고통스러웠고 멀쩡한 동료를 의심해야 하는 자신이 한심스럽기도 했다.

"여기 2163번 상자에 넣어야 할 먹이를 2168번 상자에 넣은 게 누구죠?"

실수를 한 건 제11 창고관리팀 일일이다.

"아니 제가 실수하고 싶어서 실수한 게 아니라요. 저쪽 팀에서 저한테 물건을 넘겨줄 때 마지막 숫자 '3'을 정확히 표기해주지 않아서 마지막 숫자가 그만 '8'인 줄 알았다니까요."

"아니, 일일이 씨. 깨끗하게 실수를 인정해도 시원치 않은 판에 다른 팀 핑계까지 대요!"

"……죄송합니다."

그는 결정적으로 숫자에 약하기도 했다.

"저기 있잖아요. 이 일은 도저히 적성에 안 맞아서 못 하겠으니 다른 부서로 보내주시면 정말 고맙겠습니다."

일일이는 곧 애벌레의 방에서 일하게 되었다.

'애고, 이 귀여운 녀석들 좀 봐. 나한테도 이런 시절이 있었을

텐데.'

꼬무락거리는 애벌레들은 한없이 깜찍하고 귀여웠다. 하지만 이 애벌레란 애들은 여간 예민하고 불안한 존재들이 아니었다. 먹이 줄 시간을 조금만 놓쳐도 칭얼거렸고, 잘 먹고 잘 놀다가도 금세 몸에서 이상 징후가 발견되기도 했다.

"여기 무지개반 제173 교실 담임이 누구죠?"

"예, 전데요. 원장 선생님."

"아니 일일이 선생님. 애가 이 지경인데 아무런 조치도 안 하고 지금까지 뭐 한 거죠!"

"죄송합니다. 원장 선생님!"

"제가 죄송하다는 말 들으려고 지금 이러는 거예요? 빨리 조치하세요!"

애벌레의 방에서는 그야말로 잠시도 쉴 틈이 없었다. 애벌레에 대한 무한한 사랑과 전적인 희생이 없이는 근무가 불가능한 곳이기도 했다.

먹는 건 잘 먹는지, 노는 건 잘 노는지, 아픈 데는 없는지, 잠은 잘 자는지…… 그는 과로에 시달리는 나날을 보내야 했다. 어느 순간부터는 애벌레들이 귀찮게 여겨지기도 했다. 피로가 누적되다보니 심할 때는 칭얼거리는 애벌레들이 미워 보이기까지 했다. 그런 상태에서 계속 일을 하는 건 자신한테도 애벌레들한테도 결코 좋지 않을 것 같았다.

"저기 있잖아요. 많이 생각해봤는데요. 정말이지 저하고 안 맞아서 그러는데요. 다른 일터로 보내주시면 안 될까요?"

일일이는 번데기의 방으로 갔다. 새로운 일터로 가서 의욕적으로 일하려 했지만 역시나 자신한테 맞는 일은 아니었다. 왜 하필 나한테 번데기 냄새 알레르기가 있는 거지? 일일이는 수시로 재채기를 해댔고 콧물을 흘려댔다. 몸은 또 왜 이렇게 가렵지? 일일이는 수시로 몸을 긁어대느라 번데기를 돌볼 겨를이 없었다.

"그래서 또 다른 일을 찾아야 했다니까!"

일일이는 입으로만 이루어진 개미 같고 커커는 귀로만 이루어진 컵 같다.

"문제가 해결된 것도 아니고 하소연만 했을 뿐인데 뭔가 후련해진 것 같아."

그는 속 얘기를 하면서 조금씩 밝아진다. 안쪽을 누르고 있는 무언가를 들어내면서 가벼워지고 유쾌해진다. 마음을 꺼내놓으면서 점차 환해지고 후련해진 그는 자신이 하는 말에 커커가 귀를 기울여주고 고개를 끄덕여주며 마음 한편을 어루만져주는 것만으로도 무겁고 탁하고 답답하던 것이 제법 개운하게 빠져나가고 있음을 느낀다. 한결 가뿐해지고 맑아지고 시원해지는 기분이랄까. 일일이는 이러한 기분은 상대와 자신이 온전히 마음을 주고받을 수 있을 때 가능한 일이라는 것을 잘 알고 있다. 그렇지 않은 경우엔 마음을 내보이지 않는 편이 차라리 낫다는 것도. 예전의 일이지만 어정쩡한 사이인 동료에게 괜히 속마음을 드러냈다가 찜찜하고도 허탈한 기분이 들어 곧바로 후회한 적도 있다. 하지만 어쨌든 다행스러운 일이다. 그는 지금 속엣말을 꺼내면서 평화로워지고 있으니까.

오랜 시간 뒤에야 일일이의 구구절절 하소연이 끝난다. 그는 한 손을 들어 얘기가 다 끝났다는 신호를 커커에게 보낸다. 커커는 멋쩍게 웃는다. 그가 한 번도 쉬지 않고 몇 시간을 주저리주저리 떠들었지만 커커는 전혀 싫은 내색을 하지 않고 그의 말을 진지하게 귀 기울여 들었다. 일일이는 뭔가 후련한 기분이 들었고, 커커는 뭔가 안타까운 기분이 들었다.

"내 얘길 끝까지 들어줘서 고마워. 더 늦기 전에 돌아가야겠어."

일일이는 커커의 어깨에서 내려와 뭔가 개운해진 기분으로 서둘러 개미굴로 향한다. 그러면서 '식량 확보 담당' 일개미로 일하던 신입 시절을 가만가만 떠올려본다.

일일이가 막 식량 확보 담당 일개미가 되어 먹이를 구하러 다니던 때였다. 신입이어서 모든 게 서툴렀지만, 의욕만큼은 누구한테도 뒤지지 않던 시절. 일일이는 다른 일개미들과 줄을 맞춰 먹이를 구하러 가다가 좀 더 싱싱하고 큰 먹이를 구하기 위해 옆길로 빠져 빠르게 움직였다.

'왠지 오늘은 엄청 크고 엄청 맛있는 먹이를 내 손으로 구할 수 있을 것 같아.'

일일이는 더듬이를 바짝 세우고 정신없이 걸음을 재촉했다. 그러다가 그만 모래밭에서 쭉 미끄러지고 말았다.

'어, 뭐지. 몸이 계속 미끄러져 내려가네.'

일일이는 아등바등 위로 올라서려 했지만, 몸이 마음처럼 움직이지 않았다. 진원을 알 수 없는 진동으로 땅이 흔들리면서 위쪽의 모래알도 마구 굴러 내려왔다.

'이런 젠장. 그 무시무시하다는 개미귀신한테 걸려든 건가!'

일일이는 두 걸음 기어 올라갔다가 세 걸음 뒤로 미끄러졌다.
세 걸음 기어 올라갔다가 다시 다섯 걸음 뒤로 미끄러졌다.

'아, 더는 안 되겠어.'

그의 몸에 있던 힘은 거의 빠져나갔다. 모래 함정의 맨 밑에서
는 개미귀신이 커다란 턱을 쫙 벌린 채로 무시무시한 집게를 내밀
고 있었다. 그는 아무런 대책도 없이 그야말로 속수무책으로 개미
함정으로 빠져 들어갔다. 고만고만했던 지난날과 소소하게 행복했
던 그의 지난날도 함께, 무기력하게 아래로 점점 미끄러져 내려갔
다. 이제는 눈 감고 끔찍한 먼 길로 갈 일만 남은 그는 그간의 삶이
아득하게 느껴졌다.

'아, 이렇게 허망하게 가는구나.'

이윽고 체념의 끝에 다다랐을 때였다. 거짓말처럼 위에서 솔잎 하나가 밑으로 내려왔다.

"일일아, 얼른 이걸 잡아!"

모래 함정 맨 밑에 거의 다다른 일일이가 개미귀신이 내미는 집게에 걸려들기 직전에, 옆길로 빠진 일일이를 찾아 나섰던 식량 확보단 소속 일개미들이 위험에 빠진 그를 발견하고 생명줄을 내려보낸 것이었다. 허둥대던 일일이는 일순간에 팔을 뻗었고 가까스로 솔잎의 끝에 닿을 수 있었다. 일일이가 솔잎을 잡고 허둥지둥 얼떨결에 매달리는 순간, 일일이의 몸이 위로 붕 떠올랐다.

"자, 이제 천천히 당겨!"

경험 많은 최고참 일개미는 차분하게 다른 일개미들을 지휘해 위험에 빠진 그를 무사히 구해냈다.

일일이는 그때의 일을 떠올려보는 것만으로도 눈가가 뜨거워진다. 오래전의 일이지만 여전히 아찔하다. 평소엔 무뚝뚝해 보였는데 내가 위험에 빠졌을 때는 기꺼이 다가와 도와줬어, 그는 함께할 수 있는 이가 있다는 것은 정말 다행스러운 일이라고 생각한다. 자신을 걱정해주는 이가 있다는 것은 정말 행복한 일이라고도 생각한다. 어쩌면 나는 엄살이 너무 많은지도 몰라, 일일이가 고개를 들어 보았을 때 저쪽 멀리 배추흰나비 한 마리가 팔랑팔랑 날아가고 있었다.

집이 가까워져 오자 일일이는 왈칵, 눈물이 쏟아졌다. 온전히 따뜻하고 온전히 뜨거운 눈물이었다. 눈가를 쓱쓱 닦고 집으로 들어가려던 일일이가 중얼거렸다.

'그래, 난 혼자가 아니야.'

3

저 좀 숨겨주세요

차차는 그간의 불만을 전부 쏟아냈다. 자신을 힘들게 했던 모든 상황에 대해 모조리 얘기했다. 그러고 났더니 묘한 편안함이 찾아왔다. 안에 있던 걸 그냥 막 꺼내놨을 뿐인데.

차차의 집게에 난 털이 굵어진다. 이마가 단단해지고 등딱지가 넓어진다. 사춘기에 닿은 건가? 다리에는 털이 한껏 자라 있다. 소년 참게 차차는 몸의 변화가 어쩐지 어색하고 이상하게 느껴진다. 차차는 언제부터인가 밤이 좋아졌다. 보기 싫은 걸 보지 않을 수 있어서 좋고 어른 참게의 눈을 피해 놀러 다니기에도 그만이기 때문이다. 차차와 친구들은 해 질 무렵이 오면 물살이 약한 강가의 널찍한 돌 밑에서 으레 만난다. 야, 다들 왔냐? 날이 어둑어둑해지기를 기다렸다가 몰려 나간다.

"얘들아, 잠깐 기다려봐."

턱이 크고 강한 강턱이가 빠른 걸음으로 밭둑에 오른다. 어린 담뱃순 한 움큼을 훑어 와 밭둑 아래 강가에서 기다리고 있는 친구들에게 내민다. 여린 담배 이파리를 처음 본 녀석들은 고개를 갸웃거리고, 차차는 다 안다는 듯 코웃음을 친다.

"니들, 이 담뱃잎 씹어봤어?"

강턱이가 건들건들, 짝다리를 짚고 말한다. 아직 덜 여문 어깨를 건들대던 친구들이 호기심 가득한 눈으로 강턱이의 집게에 들려 있는 담뱃잎을 멀뚱멀뚱 쳐다본다.

"이 정도는 씹어줘야 진정한 참게라 할 수 있지!"

차차는 강턱이의 손에 들려 있던 담뱃잎 한 조각을 휙 당겨 간다. 담뱃잎을 돌돌 말아 입 안으로 툭 던져 넣고 질겅질겅 씹어댄다.

"오, 괜찮은데. 니들도 한번 해봐. 뭔가 어질어질하면서 나쁘지 않아."

차차는 아무렇지 않은 듯 쓰디쓴 입을 손등으로 닦아내며 친구들에게 담뱃잎을 권한다.

"으악 퉤 퉤퉤, 이런 걸 왜 씹어!"

몇 녀석은 인상을 쓰면서 침을 뱉어대고 몇 녀석은 아무렇지도 않은 듯 씹어대는 일로 자신이 위라는 것을 애써 과시한다.

"야, 너는 첫 키스나 해봤냐. 차차 네가 인생의 단맛과 쓴맛을 알아?"

"그딴 거 진즉에 떼었다, 어쩔래."

강턱이와 차차는 누가 더 센지 겨루기라도 하듯 깐족대며 연신 담뱃잎을 씹어댄다.

"아, 니들은 빠져!"

강턱이와 차차는 아직 담뱃잎을 씹지 못하는 애들을 빼고 녀석들과 함께 회오리여울로 간다.

"헉, 저 회오리 좀 봐!"

몰래 뒤따라왔던 범생이 참게 범범이가 겁먹고 뒷걸음친다.

어제 오후까지 비가 내린 탓에 회오리여울의 물살은 몇 배나 더 거친 회오리를 일으키며 흐른다. 녀석들이 회오리여울 가장자리에 발을 담그고 있기만 해도 몸이 빙빙 돌아 나갈 것처럼 흔들거린다.

"얘들아, 일단 멈춰봐!"

녀석들은 본류에서 제법 멀찍이 떨어진 바위 뒤로 물러선다. 그렇지만 회오리 물살의 여파가 거기까지 미쳐 녀석들의 몸이 자꾸 휘청인다. 몸이 휘청휘청 흔들리던 녀석들이 서로의 팔을 당겨

잡으며 겨우 중심을 잡는다.

"야, 너 저기 건너갈 수 있어?"

"저깟 정도야 뭐 가볍게 건널 수 있지!"

비아냥거리는 듯한 강턱이의 물음에 차차가 자신만만한 표정과 목소리로 응수한다. 주위의 녀석들은 놀란 얼굴로 큰 빗물까지 보태어져 밤에도 허연 물거품을 거칠게 드러내는 회오리여울을 바라본다. 제아무리 경험 많은 어른 참게라 해도 결코 만만치 않은 회오리 물살이다.

"야, 저기 회오리치는 물살이 안 보이냐!"

바위에 붙어 엿보고 있던 범생이 참게 범범이가 다가와 차차를 잡고 말린다. 차차를 말리는 건 강턱이도 마찬가지지만, 말린다기보다는 부추기고 있다고 하는 게 정확할 것이다. 내 수영 실력은 어른도 따라올 수 없다고, 차차는 집게발을 내보이며 범범이를 뿌리친다.

"야, 네가 저기 가운데 소용돌이치는 데를 지날 수 있다고?"

"뭐, 저 정도쯤이야!"

차차는 걱정이 앞서면서도 물이 도는 흐름을 타고 몸을 가볍게 틀면서 건너면 그만이라고 여긴다. 지금 여기서 강턱이의 기세에

밀린다면 생각만으로도 참을 수 없을 만큼 굴욕적인 일이다.

"자, 그럼 지금 당장 건너보시지!"

강턱이가 차차의 등을 슬쩍 앞으로 밀며 말한다.

"야, 밀지 마. 내가 알아서 갈 테니까."

차차는 어깨를 펴고 회오리여울을 향해 걸어간다. 뒤꿈치에 힘을 주고 집게발로 물살을 잡아끌며 풍덩, 회오리여울 한가운데로 몸을 밀고 나간다. 기다렸다는 듯, 회오리여울은 차차를 단숨에 삼켜버린다.

"야, 정신 좀 차려봐!"

"우 우 우, 우웩!"

차차는 입 안 가득 들어 있던 이물질과 거품을 뱉어내며 겨우 숨을 쉬기 시작한다.

"야, 차차. 말 좀 해봐. 괜찮아?"

차차의 입술에 입술을 맞대고 연신 인공호흡을 해대던 강턱이가 침을 퉤 뱉으며 말한다. 차차는 집게발을 들어 괜찮다는 손짓을 한다. 생각지도 않게, 차차와 강턱이는 이렇듯 첫 키스의 경험을 나눈다.

다음 날 오후였다. 학교에 갔다 온 차차는 엄마 아빠한테 제대로 걸려 혼났다.

"그래도 사실대로 말 안 할래?"

"아, 그게 아니라니까요!"

차차는 그동안 밀려 있던 잔소리까지 삽시간에 다 들어야 했다. 놀란 차차 엄마는 가슴을 쓸어내리며 주저앉아 울었고 화가 단단히 난 차차 아빠는 거칠고 험한 말을 거침없이 쏟아냈다.

"야, 네가 지금 제정신이냐? 주는 밥 먹고 일찌감치 잠이나 잘 것이지. 기어 나가긴 어딜 기어 나가!"

"엄마 아빠가 언제 저한테 관심이나 있었어요!"

"이게 어디서 말대꾸야. 넌 눈 뒀다 뭐 하냐. 옆집 사는 참참이 좀 봐라. 잘하라는 얘기도 안 할 테니까 제발 참참이 반만 따라가라 응!"

"아 왜 또 걔랑 비교를 하고 그래요!"

"이게 어디서 따박따박 말대꾸야!"

차차 아빠는 더는 참지 못하고 집게발을 쭉 뻗어 휘두르고 말았다. 얼얼해진 뺨을 만지작거리던 차차는 그대로 곧장 집을 뛰쳐나갔다.

막상 뛰쳐나온 차차는 갈 곳이 마땅치 않다. 참을 수 없을 만큼

배도 고파온다. 집으로 돌아갈까 잠시 고민하던 녀석은 강물 가장
자리로 향한다. 물 밖으로 나가서라도 먹을 걸 좀 찾아볼 요량이다.
녀석은 강물 밖 풀숲으로 기어 들어간다. 하지만 먹을 만한 것이 쉽
사리 눈에 들어오지 않는다. 헛걸음하던 녀석은 보리 베기가 끝난
강가의 논에서 보리 이삭을 발견하고는 허겁지겁 보리알을 까서
삼킨다. 탄수화물로 배를 채우는 것도 나쁘지 않다고 생각하며 배
를 채운다. 속이 든든해진 녀석은 강가 풀숲으로 기어 들어가서 어
슬렁거린다. 그러다가 하얗고 둥근 뭔가를 발견한다. 저건 뭐지?

"뭘 찾고 있는 거니?"
"아, 예. 뭐 그냥."
차차는 커커가 말을 걸어오자 놀란 표정으로 뒷걸음질 친다.

"누구세요?"
"응, 난 머그컵 커커야. 소풍 나왔던 사람들이 두고 간 컵이지."
"참, 신기하게 생기셨네요."
"그래? 난 네가 더 신기한데!"
서로를 신기해하던 차차와 커커는 탐색을 이어간다.
차차는 커커와 얘기를 하면서 자신도 모르게 평소처럼 삐딱한

자세를 취하고는 다리를 건들거린다. 친구들 앞에서 얘기할 때처럼 아무렇게나 침도 찍찍 뱉어댄다. 다소 거만하게 턱까지 쳐들고는 말을 톡톡 쏘아댄다.

"말투가 원래 그러니?"

"뭐가요!"

"아니 말투나 자세가 원래부터 그러냐고?"

"제 말투랑 자세가 뭐 어떤데요!"

사춘기 절정에 접어든 차차는 자신의 말투나 자세에 대해서 한 번도 이상하게 생각한 적이 없다. 다만 누구에게든 만만하게 보이지 않기 위해 그렇게 해왔을 뿐이다. 그렇게 하는 게 좀 있어 보이고 힘도 좀 세 보이는 것 같아서 쭉.

"이름이 차차라고 했지?"

"아 그렇다니까요."

"나한테든 누구한테든 뭐 불만 있니?"

"아니요. 그딴 거 없는데요!"

"그래, 진짜 없어? 나한테는 그냥 다 말해도 돼."

"……진짜요?"

차차는 어차피 다른 참게들과 볼 일이 없을 것 같은 커커에게 말을 꺼내기 시작한다.

"사실은 모든 게 불만이고 모든 게 맘에 들지 않아요!"

차차는 이 말을 시작으로 그간 품어왔던 불만을 거리낌 없이 쏟아낸다. 본인은 이미 다 컸는데 어른 참게들은 그걸 인정해주지 않는다는 사실부터, 매일 아침 일어나 참게 학교에 가야 하는 것도 맘에 안 들고 하루가 멀다 하고 '유속 측정 문제'나 '수량 계산 문제' 같은 걸 풀어야 하는 것도 맘에 들지 않는다고 목소리를 높인다. 민물 공통어인 '붕어어(語)'는 뭐라 하는지 도무지 알아듣지도 못하겠다고 한다. 어른들은 공부 빼놓고는 뭐든 하지 못하게만 한다는 불만도 거침없이 쏟아낸다. 왜 '강물 물리'나 '강물 화학' 같은 어려운 과목으로 시험을 쳐서 친구들 간에 우열을 가리는지도 이해할 수 없다고 목소리를 높인다. 심지어는 어른들이 시키는 건 뭐든 다 짜증이 나고 귀찮다는 말도 거침없이 해댄다. 조약돌 책상에 앉아 매일같이 조는 일도 이젠 정말 지겹다고 성토하면서.

"엄마 아빠랑은 잘 지내니?"

"허, 제가 잘 지낼 것 같나요?"

차차는 집도 학교와 별반 다를 게 없다고 툴툴댄다. 하루도 거르지 않고 엄마 아빠의 잔소리를 들어야 하고 공부를 빼놓고는 뭘

해도 일방적으로 혼나게 되어 있다는 하소연을 쏟아낸다.

"제가 오죽했으면 집을 나왔겠어요."
"그럼 지금 여기에 놀러 나온 게 아니라 가출한 거야?"
"네. 근데 저기요. 혹시 저 오늘 하루만 재워줄 수 있어요?"
"재워주는 거야 어렵지 않지만…… 집은 왜 나온 거지?"
"아 제가 다 참을 수 있거든요. 근데 정말 누구하고 막 비교하는 건 정말 못 참거든요!"
"그게 다니?"
"그게 다라니요!"

차차는 그간의 불만을 전부 쏟아냈다. 자신을 힘들게 했던 모든 상황에 대해 모조리 얘기했다. 그러고 났더니 묘한 편안함이 찾아왔다. 안에 있던 걸 그냥 막 꺼내놨을 뿐인데.
"아, 힘든 시기를 보내고 있구나! 일단 좀 쉬렴."
버릇없이 구는 차차를 커커는 온전히 받아준다. 당연히 그럴 수도 있다고 여기며, 충분히 이해할 수 있다고 여기며, 어느 선을 넘기 전까지는 안아주고 품어주는 일로 보이지 않는 가르침을 줘야겠다고 그는 생각한다. 다행히 커커는 누군가의 말을 들어주는 일에 익숙하다. 사람의 집에 살 때부터 수없이 많은 얘기를 아침저녁으로 들어왔던 경험이 있기 때문이다. 혼잣말이든 농담이든 심각한 대화이든 가리지 않고 묵묵히 듣는 일을 겸해왔던 커커.

그러니까 커커가 사람의 집에 기거할 때의 일이다. 만일, 텔레비전에서 나오는 말을 포함한 매일매일의 말들이 사라지지 않고 쌓인다면 주방과 거실과 침실을 가득가득 채우고도 남을 것 같다고 커커는 생각한 적이 있는데, 누군가 창문이라도 열라치면 천장까지 쌓여가던 말이 휙 쏠려 나가는 것 같은 묘한 기분을 느꼈다. 그러고 나면 대체로 조용한 시간이 찾아오곤 했다.

같은 시각, 차차의 엄마와 아빠는 차차가 있을 만한 곳이라면 모두 가봤다. 차차 친구들을 수소문해 차차의 소식을 묻고 다녔다. 하지만 헛수고였다. 차차는 어디에도 없었고 차차를 보았다는 애들도 없었다.

차차의 엄마 아빠는 혹시나 하는 마음에 차차가 가출 직전에 갔다는 회오리여울로 가보았다. 회오리여울은 여전히 무시무시한 소용돌이를 만들어내며 거칠게 흐르고 있었다.

"꼭 저 소용돌이 안에 차차가 갇혀 있을 것만 같단 말이야!"

차차 아빠가 먼저 소용돌이 속으로 거침없이 뛰어 들어갔다. 지켜보고 있던 차차 엄마도 더는 못 참고 회오리여울 속으로 거침없이 몸을 집어넣었다. 결과는 끔찍했다. 차차 아빠가 먼저 회오리여울의 소용돌이 안에서 정신을 잃었고 차차 아빠를 구하려던 차차 엄마도 회오리여울의 소용돌이에 빨려 들고 말았다.

"저기요, 정신 좀 차려보세요!"

차차의 엄마와 아빠는 회오리여울의 소용돌이에 휘말려 정신을 잃었다가 여울의 한참 아래쪽에 있는 농수로 앞까지 떠밀려 내려왔다. 다행히도 차차의 엄마 아빠를 발견한 건 다름 아닌 강턱이였는데, 차차가 떠내려온 지점과 같은 곳이었다.

"강턱이의 빠른 대처와 차분한 인공호흡이 아니었다면 큰일 날 뻔했지 뭐야!"

다른 어른 게들이 농수로 옆으로 몰려왔고 물살이 없는 곳에서 놀던 아기 게들도 몰려와 웅성웅성, 두리번댔다.

'휴우, 정말 다행이야.'

졸지에 차차네 식구 모두를 입술로 살려낸 존재가 된 강턱이가 손등으로 입술을 닦아냈다.

'뭔가 찜찜하긴 한데 그래도, 내 입술이 셋이나 살렸어!'

강턱이는 혼잣말로 중얼거리면서 현장을 빠져나왔다. 큰일 날 뻔한 차차 아빠와 엄마를 보고 나니, 어서 빨리 차차부터 찾아내야 할 것 같았기 때문이다. 그렇지 않으면 정신을 가다듬은 두 분이 또 차차를 찾아 나섰다가 더 큰 위험에 처할 것만 같았다. 진짜 끔찍한 일이 생기기 전에 얼른 녀석부터 찾아야겠어, 강턱이 머릿속에는 온통 차차 생각뿐이었다.

"차차, 차차!"

강턱이는 쉴 새 없이 목소리를 높였다. 얼마나 악을 쓰며 이름을 불러댔는지 턱이 뻐근했고 목소리는 이미 쉬어 있었다. 물기 없는 풀숲까지 헤매고 다녔더니 다리의 힘도 점점 풀려갔다.

"누가 널 찾는 거 같은데?"

"찾기는 누가 날 찾아요."

강턱이의 목소리를 먼저 들은 건 커커였다.

"야, 차차. 너 여기서 뭐 해?"

"우리 엄마 아빠가 날 찾아오라고 시키던?"

"그게 아니라 너희 엄마 아빠가 너를 찾으러 회오리여울에 갔다가 소용돌이에 빨려 들었어!"

"뭐야, 그걸 왜 이제야 얘기해, 인마!"

"왜 이제야 얘기하느냐니. 난 널 방금 찾았잖아!"

차차 눈에는 금세 눈물이 차오른다. 자기도 모르게 눈물을 뚝 뚝 흘리면서 커커의 몸에 삐딱하게 기대고 있던 몸을 허둥지둥 일으킨다.

"야, 비켜. 나 먼저 갈게!"

차차가 강턱이 앞을 지나려는 찰나, 강턱이는 팔을 뻗어 차차를 잡아당긴다. 앞으로 치고 나가려던 차차가 순식간에 당겨져 강턱이의 품에 안긴다. 차차와 강턱이의 입술은 뜻하지 않게 다시 한 번 정확하게 포개졌다가 풀린다.

"차차야, 잠깐. 너네 엄마 아빠 모두, 내가 이 입술로 살려냈어!"

차차와 강턱이는 서로의 등딱지가 으스러질 만큼 꽉 껴안는다.

"야, 진짜야. 고마워, 친구!"

차차는 강턱이의 볼에 과격한 뽀뽀를 해대고, 한숨을 내쉬던 커커는 둘을 흐뭇하게 바라본다. 그러면서 그들의 사춘기가 끝나가고 있다는 걸 어렵지 않게 짐작한다.

'그래, 뭐든 다 지나가게 되어 있어!'
머그컵 성 옆을 지나가던 일개미 일일이가 아무렇지 않은 듯 중얼거린다.

4

약속해, 약속할게

사랑은 얼마나 힘이 센 걸까. 따따는 날마다 새롭게 변해갔다. 사랑에는
따따가 다 헤아릴 수 없는 어떤 무한한 에너지가 들어 있었고 그 위력은
과히 대단하다 할 만했다.

"쯔즈찟 찌짓 짝 쪼매미."

　딱새 따따가 꼬리를 딱딱 치면서 짝을 찾는다. 따따가 짝을 찾는 소리는 키를 훌쩍훌쩍 키우며 초록을 더해가는 억새 줄기 사이를 딱딱 파고든다. 강가에 발을 담그고 있는 버들개지 가지 사이사이를 딱딱 비집고 들어간다. 하지만 따따의 간절한 울음소리에 관심을 보이는 암컷 딱새가 없어 따따의 애타는 울음소리는 그만, 억새 줄기 아래로 힘없이 떨어져 사라지고 만다. 강가 버들개지 발목 앞으로 미끄러져 흘러가고 만다. 다시 한번 해볼까 쯔즈찟 찌짓 짝 쪼매미, 딱새 따따는 있는 힘껏 꼬리를 딱딱 쳐올리면서 암컷 딱새에게 신호를 보내본다. 하지만 여전히 어떤 딱새도 반응을 보내오지

않는다.

딱새 따따는 오전 내내 사람이 사는 마을로 들어가 짝을 찾다 강가로 돌아왔다. 전깃줄에 앉아서도 짝을 찾아보았고 빨랫줄에 앉아서도 짝을 찾아보았다. 마을 회관 앞 개나리 숲에 들어서도 짝을 찾아 헤맸고 마을 방송용 스피커가 붙어 있는 마을 회관 옆 커다란 가죽나무 가지에 앉아서도 짝을 찾아 헤맸다. 하지만 소용없었다. '와, 저 커플은 벌써 둥지를 틀고 있네!' 외딴집 마당 입구 편지함 안쪽으로 분주히 둥지 재료를 물어 나르는 딱새 커플이나 그저 멍하니 바라봐야 했다.

'난 멋지지도 않고 목소리도 매혹적이지 않아.'

딱새 따따는 자신이 작은 나무 열매보다도, 작은 벌레보다도 작게 느껴졌다. 자신한테 잔뜩 실망을 한 따따는 빈집 돌담 위에 힘없이 앉아 있다가 강가 풀숲으로 돌아와야 했다.

'이쯤에서 포기해야 하나? 아냐, 아직 포기하기엔 일러.'

따따는 물 한 모금을 들이켜며 부리를 흔들어댔다. 그러고는 찔레나무와 찔레나무 사이를 오가며 있는 힘껏 꼬리를 딱딱 쳐올리며 울었다.

"쯔즈찟 찌짓 짝 쪼매미."

"쯔쯔쯧 쭛쭛 짝짝 쭛쭛쯥!"

어디선가 따따의 신호에 답을 보내는 소리가 들려왔다.

"쯔즈찟 찌짓 짝 쪼매미."

따따는 다시 한번 힘차게 짝 찾는 신호를 보내봤다.

"쯔쯔쯧 쭛쭛 짝짝 쭛쭛쯥!"

따따의 신호에 답하는 예쁜 목소리가 다시 한번 선명하게 들려왔다.

따따는 주위를 두리번거려 보았다. 억새밭 가운데 바위 위에 작고 예쁜 딱새 한 마리가 따따를 사랑스러운 눈빛으로 바라보고 있었다.

"안녕, 난 따따라고 해!"

"안녕, 난 띠띠야."

따따와 띠띠는 반갑고 다정하게 통성명을 했다.

"우린 인연인가 봐. 이름도 비슷하잖아!"

따따가 재빠르게 띠띠 옆으로 한 발짝 다가갔다. 이름에서 유사성을 찾아 친근함을 표시하며 날갯짓을 했다.

"어머, 우린 눈빛도 닮았어!"

"진짜 그런가?"

띠띠와 따따는 서로의 눈빛을 들여다보는 시늉을 하며 똑같이 한 발짝씩 더 가까이 다가갔다. 둘은 서로의 눈빛을 바라보며 그저 한 발짝씩 더 다가갔을 뿐인데 서로에 대한 끌림은 몇 배나 더 강렬해졌다. 그리고 사랑은 시작됐다.

사랑은 얼마나 힘이 센 걸까. 따따는 날마다 새롭게 변해갔다. 아침 일찍 일어나 맑은 샘물로 부리와 날개깃을 깨끗하게 닦았고 해가 뜨기 전부터 나뭇가지에 앉아 목소리도 좀 더 굵직하고 멋지게 가다듬었다. 누구보다도 빨리 풀숲으로 가 싱싱한 벌레를 찾았고 누구보다도 빨리 강가 숲으로 가 열매를 찾았다. 따따는 매 순간이 행복했고 하루가 다르게 힘도 불끈불끈 솟는 것 같았다. 띠띠는 왜 이렇게 귀엽고 예쁘고 사랑스러운 거지, 띠띠와 함께하는 미래를 떠올리다 보면 마음이 자꾸 설렜다. 띠띠와 함께라면 뭐든 해낼 수 있을 것 같다는 의지가 불타올랐다. 사랑에는 따따가 다 헤아릴 수 없는 어떤 무한한 에너지가 들어 있었고 그 위력은 과히 대단하다 할 만했다.

띠띠도 따따와 별반 다르지 않은 설렘과 행복으로 가득하다. 띠띠는 지금 근사하고 멋진 따따에게 선물할 탐스럽고 맛있는 열매를 고르고 있다.

'이 열매는 싱싱하지가 않아. 이건 너무 말라비틀어졌어. 이건 너무 딱딱해. 이게 조금만 더 컸으면 좋았을 텐데. 보기에는 좋은데 향기도 맛도 좀 약한 것 같아. 자세히 보니까 작은 흠집이 있어. 색깔은 맘에 드는데 아직 깊은 맛이 안 나. 아, 이거보다 좀 더 탐스럽게 생긴 열매는 없을까? 그냥 이걸로 할까? ……아냐, 이건 최선이 아냐.'

띠띠는 따따에게 줄 선물을 고르기 위해 아침 일찍부터 날개를 폈다. 아침 해가 떠오르고 점심이 지나고 오후가 지나도록 종종거리며 걸었고 파닥거리며 날았다. 하지만 아직 따따에게 줄 선물을 고르지 못했다.

"내가 먹을 거라고 생각하면 대체로 다 만족스러운데 너에게 줄 거라고 생각하니 다 부족해 보여. 이런 게 사랑인가?"

따따에게 줄 선물을 고르다 말고 띠띠가 중얼거렸다.

같은 시각, 따따는 띠띠를 애타게 기다리고 있다.

'띠띠는 왜 아직 안 오는 거지. 얘는 원래부터 시간 개념이 없는 걸까? 아직도 물거울 앞에 앉아 치장을 하고 있는 건 아닐까? 다른 딱새랑 사귀고 있었던 건 아닐까? 어쩐지 내게 다가오는 날갯짓이 어딘지 모르게 능숙해 보였어. 가만, 그때 나를 바라보던 눈빛이 좀 이상했던 것 같아. 설마 나를 차고 다른 애를 만나러 나간 건 아니 겠지? ……설마, 아직도 자고 있는 건가? 나를 만나기로 한 걸 잊은 건 아니겠지? 아님, 벌써 나한테 싫증이 났나? 어쩌면 그럴지도 몰 라. 아냐, 나한테 싫증이 난 게 틀림없어!'

따따는 아직 오지 않는 띠띠를 기다리다가 얼토당토않은 결론 까지 맘대로 내고 시무룩해졌다. 그러곤 자신의 존재가 볼품없는 것 같았다. 띠띠가 오지 않는 시간이 길어질수록 따따는 자신이 더 욱더 초라하게 느껴졌다.

따따가 어깨와 꼬리를 늘어뜨리고 있을 때였다. 저쪽에서 띠띠 가 한껏 환한 표정으로 오고 있었다.

"어, 벌써 와 있었네. 많이 기다렸어?"

"뭐, 조금!"

띠띠가 왔을 때 따따는 이미 시큰둥해져 있었다.

"출출하지? 이거 한번 먹어봐!"

"이딴 거 가져오느라 날 기다리게 한 거야?"

"뭐, '이딴 거'? 너 방금 '이딴 거'라고 했어?"

"약속 시간은 지켜야 할 거 아냐."

"약속 시간이 뭐, 미루나무 세 번째 가지에 해가 걸릴 때 만나기로 한 거 아냐? 봐, 이제야 세 번째 가지에 해가 막 걸리려 하고 있잖아!"

따따는 미루나무 두 번째 가지에 해가 걸릴 때 띠띠를 만나기로 한 걸로 착각하고 있었다. 그 사소한 착각 하나 때문에 얼토당토않은 결론을 만들어냈고, 띠띠와의 만남을 엉망으로 만들고 말았다.

"뭐 이딴 애가 다 있어!"

띠띠는 이 말을 남기고는 재빨리 뒤돌아 날개를 폈다.

따따의 전부였던 띠띠가 떠났다. 곁이 되어주던 띠띠는 떠났고 따따가 할 수 있는 일은 이제 없는 것 같았다. 왜 이렇게 낯 뜨겁고 부끄럽지? 따따는 풀숲에 숨어들어 부리를 날갯죽지에 묻고 자신을 되돌아봤다.

"무슨 일 있니?"

따따를 바라보고 있던 머그컵 커커였다.

따따는 날갯죽지에 묻었던 부리를 꺼내 두리번거렸다.

"따따 너, 참 못났구나!"

띠띠와 헤어지게 된 이유에 대해 이야기하는 따따에게 커커가
말했다.

"아직 멀었어. 그런 건 사랑이 아냐. 그런 마음이라면 상대방을
힘들게만 할 뿐이지!"

"나도 알아. 이미 돌이킬 수 없다는 것도!"

커커는 따따에게 사랑에 대해 말해주지 않을 수 없었다. 상대
를 어떻게 존중해야 하는지, 상대를 어떻게 배려해야 하는지, 어떤
마음가짐으로 사랑을 이어가야 하는지, 말해주지 않을 수 없었다.
쌀눈보다 작고 쓸데없는 의심이 상대에게 얼마나 치명적인 상처를
주게 되는지, 사랑하는 사람을 믿지 못하게 되는 쓸데없는 의심이
나 생각 없는 막말이 얼마나 오래가는지, 또한 그러한 것들이 얼마
나 비참한 결론을 만들어내는지, 세세하고 차분하게 말해주지 않
을 수 없었다. 한번 닫힌 마음의 문은 쉽게 열리지 않는다는 점도
커커는 빼놓지 않고 따따에게 알려주었다.

"나는 어떻게 용서를 구해야 하지?"

"용서를 구할 마음을 먹기 전에 어떻게 하면 띠띠가 받았을 상처를 치료할 수 있을지에 대해 먼저 생각해봐야 하지 않을까."

따따는 띠띠에게 상처를 주었던 것보다 훨씬 많이, 아픈 시간과 후회의 시간을 보냈다. 자신의 부족함을 돌이켜보는 시간도 더해 보냈다. 그러면서 진짜 사랑이 뭔지 조금씩 알아갔다.

"정말 다시는 그러지 않을 거지?"
"그래, 약속해. 약속할게!"

따따의 잘못 때문에 따따와 띠띠는 많은 시간을 버린 뒤에야 다시 사랑을 이어갈 수 있게 되었다.

"쯔쯔 쯔즈찟 찌짓 짝 쪼매미?"
"쯔쯔 쯔쯔쯧 쯧쯧 짝짝 쯧쯧쯥!"

따따는 귀한 깨달음 하나를 얻었고 마음을 다해 사과했다. 띠띠는 따따에게 기회를 줬고 따따는 띠띠에게 사랑을 줄 수 있는 기회를 놓치지 않았다. 따따와 띠띠의 사랑은 살아났다. 둘의 사랑은 훌쩍 자라나 풀숲보다 커졌고 강물보다 커졌다. 강 언덕보다 높아졌고 산보다 높아졌다. 별이 총총한 밤하늘만큼 아득해졌다.

따따와 띠띠의 사랑은 조금 늦어졌고 알을 낳을 둥지가 마땅치
않자 머그컵 커커는 기다렸다는 듯 자신을 내주었다.

"그래, 좀 좁긴 하겠지만 우리 여기서 출발해보자. 달콤하게!"

따따와 띠띠는 마른 풀잎과 부드러운 이끼를 물어다가 머그컵 안에 둥지를 틀었다. 그리고 따뜻한 깃털을 모아 밤 추위에 대비했다.

'좁아서 더욱 아늑한 둥지야!'
둘은 찌릿찌릿, 아낌없이 아름다운 사랑을 나눴다.

따따가 조마조마해하는 동안 띠띠가 첫 알을 낳았다. 첫 알을 낳은 이후 띠띠는 여섯째 알까지 낳았다. 푸르스름한 기운이 도는 작은 알이었다. 따따와 띠띠는 번갈아가면서 알을 품었다.

띠띠가 잠시 쉬러 나가고 따따가 알을 품고 있을 때였다. 저쪽 풀숲이 미세하게 술렁이는 게 보였다. 혹시 뱀? 뱀이 맞았다. 뱀 한 마리가 스륵 스르륵 알 냄새를 맡고 둥지 쪽으로 오고 있었다. 따따는 당혹스럽고 두려웠다. 이대로 끝인가? 따따가 마땅히 취할 수 있는 조치는 없었다. 할 수 있는 일이라곤 자세를 좀 더 낮춘 채 뱀의 동태나 슬쩍슬쩍 살펴보는 게 전부였다. 따따가 그러거나 말거나 뱀은 입을 쩍, 벌리기도 하면서 스륵 스르륵 둥지를 향해 조금씩 가까이 다가왔다. 따따와 알 품는 일을 교대하기 위해 둥지로 들어오던 띠띠도 뱀을 보고는 화들짝 놀라 날개를 파닥였다.

"쯔쯔 쯔즈찟 찌짓 쪼매 꺼지미, 쯔쯔 쯔쯔쭛 쫏쫏 쪼매쪼매 쫏쫏쭙!"

안타까운 일이었지만 따따와 띠띠가 상대하기에는 너무 큰 존재였다. 아니 상대할 엄두조차 낼 수 없이 거대했다. 뱀은 이제 둥지에서 겨우 몇 뼘 앞까지 다가왔다. 따따와 띠띠는 소리를 치거나 숨죽여 움츠리는 일밖에는 할 수 있는 게 없는 것 같았다. 이제는 정말 끝이구나, 싶을 때였다.

"끄아아아아아악!"

둥지를 향해 고개를 쳐들고 오던 뱀이 갑자기 진저리를 치면서 몸을 뒤집었다. 끔찍한 변을 순식간에 당했을 때처럼 부르르 떨면서 뒤집히더니 빠르게 사라져갔다. 무슨 일이지? 방금 무슨 일이 있었는지 따따와 띠띠는 보고 있었으면서도 도무지 알 수 없었다. 잠시 후였다.

"한 번만 더 기웃거려봐라. 그때는 아주 몸통을 반으로 싹둑 잘라놔버릴 테니까!"

소년 참게 차차가 치켜들었던 집게발과 어깨를 탈탈 털면서 게 거품을 물고 있었다.

고마운 일이었다. 첫 새끼가 무사히 알을 깨고 나왔고 둘째와 셋째 넷째 다섯째 막내까지 무사히 알을 깨고 나왔다. 따따와 띠띠는 번갈아가면서 작고 싱싱한 벌레를 물어와 어린것들에게 먹였다. 듬성듬성한 솜털을 갖고 태어난 어린것들은 따따와 띠띠가 주는 먹이를 맛있게도 받아먹었다. 샛노란 부리를 쫙 벌려 엄마 아빠가 구해다 주는 먹이를 받아먹으며 하루가 다르게 쑥쑥 자랐다.

어린것들이 우는 소리는 맑고 밝고 힘찼다. 따따와 띠띠의 분주한 일과는 이른 아침에 시작해 어둠이 몰려오기 직전까지 반복해 이어졌다. 둘은 피곤해서 짜증을 낼 만도 한데 여태 부리를 뾰족 내미는 일조차 없었다.

"따따, 어때 육아는 할 만해?"

"아직도 믿어지지 않아. 내가 짝을 찾고 아빠가 되었다는 게 말이야. 혼자 지낼 땐 나 하나 먹고사는 일도 벅차다고 여겼는데. 어느새 내가 띠띠와 함께 새끼 여섯을 거뜬하게 키우고 있다니! 모든 게 찬란하게 느껴져."

새끼들에게 먹이를 주고 나오는 따따에게 커커가 물었고 따따
는 대답했다.

"무척 행복해 보여서 좋아!"
"다 네 덕이라고 생각하고 있어!"
따따는 커커가 하는 말을 들으며 서둘러 먹이를 구하러 나갔
다. 그사이 띠띠가 먹음직스러운 먹이를 물고 둥지로 돌아왔다. 커
커는 마치 자신이 새끼를 낳아 기르는 것처럼 흐뭇해했다. 자신이
누군가의 둥지가 되어준다는 것이 얼마나 기쁘고 벅찬 일인지에
대해서도 새삼 알게 되었다. 언제까지나 둥글둥글 오순도순 잘 살
아가면 좋겠어, 커커는 어린것들이 먹이를 받아먹는 모습을 조심
조심 흐뭇하게 바라봤다.

따따와 띠띠는 조금의 소홀함도 없이 새끼 여섯을 무사히 키워
냈다. 새끼 여섯은 모두 씩씩하고 건강하고 멋지게 자라났다. 눈은
똘망똘망했고 몸은 튼실했다. 앙증맞은 날개를 펴면 곧바로 멋진
비행을 할 수 있을 것 같아 보였다.

아침이 밝아왔고 따따와 띠띠는 새끼 여섯을 머그컵 둥지 밖으

로 데리고 나갔다. 새끼들은 호기심 가득한 눈빛으로 따따와 띠띠를 따라 나갔다. 새끼들은 걷는 일도 날갯죽지를 펴는 일도 서툴렀지만 열심히 넘어지고 고꾸라지면서 날갯짓을 했다. 비록 짧은 거리였지만 새끼 여섯 모두, 경이로운 풍경을 눈 아래로 펼치며 날아올랐다.

뭔가 꽉 차 있다가 텅 비게 된 둥지의 헛헛함은 머그컵 커커가 감당해야 할 몫이었다.

5

외로워 외로워

외로울 때면 외로운 노래를 듣다가 울었고 외로운 노래를 따라 부르다가
더욱 외로워져서 울었다. 아무리 기운을 내보려 해도 기운이 나지 않았고,
먹을 걸 앞에 두고도 먹을 엄두조차 내지 못했다. 몸을 억지로라도 움직여
서 기분 전환을 해보고 싶었지만, 도무지 몸이 움직거려지지 않았다. 그저
더 외로워지는 것 같았고 숨까지 턱턱 막혀오는 것 같았다.

외로움에 익숙해져 외롭지 않은지도 모르고 외롭지 않기 위해 외로워하지 않는지도 모른다. 거미는 어제도 혼자였고 오늘도 혼자지만 아무렇지 않다. 어제도 아무 일 없이 지나갔고 오늘도 특별한 일 하나 없이 저물고 있지만 괜찮은 하루라고 여긴다. 들떠서 출렁여본 지가 언제인지 가물가물하지만 그건 아무 상관 없다고 생각한다. 거미는 그저 거미답게 최소한의 움직임으로 유쾌하게 쓸쓸한 시간을 즐길 뿐이다.

　　거미는 내일도 거미줄에 걸린 아침 이슬이 햇살에 반짝이는 걸 보는 일로 아침나절을 보낼 것이고 거미줄 사이를 지나던 바람이 잠시 거미줄에 걸려 흔들리다 가는 걸 보는 일로 오후를 보낼 것이다. 헐거워진 집을 수리한 보람도 없이 저녁을 맞이할지도 모르고 거미줄 한 가닥을 당겨 한 줄기 달빛이나 싱겁게 튕겨보는 일로 깊은 밤을 건너야 할지 모른다. 먹고사는 일이란 원래 고만고만하게 쓸쓸한 것이라 여기면서.

하지만 여기 외로움을 잠시도 견디지 못하고 안절부절못하는 거미가 있다. 깡충거미 외로로는 도무지 외로움을 견딜 수 없어 집을 버리고 나왔다. 매일같이 같은 마당이나 빙빙 돌아야 하는 게 지겨워 집 마당 바깥으로 나왔다. 마냥 움츠리고 있다가는 외로워 죽을 것만 같아 차라리 문을 박차고 나왔다.

'뭐, 재밌는 일 좀 없나?'
깡충거미는 지치지도 않고 풀숲을 기꺼이 헤맨다. 깡충깡충, 덤불과 덤불 사이를 뛰어다니고 깡충깡충, 풀잎과 풀잎 사이를 뛰어다닌다.

'아, 외로워 미칠 것 같네.'
깡충거미 외로로는 머그컵 커커의 옆구리에 달린 손잡이 위로 깡충, 뛰어오른다.

"안녕, 난 깡총거미 외로로야!"

"안녕, 난 머그컵 커커야."

"여기서 혼자 뭐 하고 있었어?"

"뭐 그냥 볕 좀 쬐고 있었어."

"외롭지 않아?"

"응, 그다지 외롭지 않아."

"혼자 있는데 외롭지 않다고?"

"응, 좀 심심할 때가 있긴 해도 외롭지는 않아."

"혼자 있는데 어떻게 외롭지 않을 수 있지?"

외로로는 외롭지 않다고 말하는 커커가 좀 이상해 보였다. 자신은 외로움이 찾아오면 어찌할 바를 모르는데 커커는 그렇지 않다니.

"혹시 너는 외로움이 뭔지 모르는 거 아냐?"

"글쎄. 모르지는 않는데."

커커의 대답을 들으면서 외로로는 고개를 갸웃한다.

"그럼, 내가 얼마나 오래 외로움을 견뎠을 것 같니?"

"글쎄."

"그럼, 내가 얼마나 많이 말을 참았을 것 같니?"

"글쎄."

"넌 아는 게 대체 뭐니?"

"글쎄."

외로로가 묻는 말에 커커는 짧게 대답한다.

외로움은 대체로 고만고만하게 오기 마련인데 어떤 이는 견디지 못하고 어떤 이는 견딜 만하다고 여긴다. 외로로는 전자의 경우일 것이고 커커는 후자의 경우일 것이다.

"아무튼 이렇게 말을 할 수 있는 것만으로도 외롭지 않아서 좋아!"

외로로는 그간의 외로움에 대한 보상을 받기라도 하려는 듯 무슨 말이든 막 해댔다. 외로웠던 만큼 외롭지 않기 위해 마구 신나게 떠들어댔다.

"커커. 내 얘기 듣고 있는 거지?"

"응, 듣고 있어!"

외로로는 외로웠던 만큼 수다쟁이로 변했다. 점심 무렵에 말 상대를 만난 이후 줄곧 쉬지 않고 떠들어대고 있다. 오후가 다 지나가고 해가 지도록 주저리주저리 멈추지 않고 외로움을 달래는 중인데 외로로가 쏟아내는 말은 커커에게 가닿기보다는 자신의 귓전에서 더 크고 신나게 울린다. 커커가 가끔 대꾸를 하기도 하지만 어떤 말을 하든, 외로로는 따로 신경 쓰지도 않는 눈치다.

"나만 너무 일방적으로 말을 많이 했나?"
"아냐, 나도 나름 많이 했어."
"말을 많이 하고 나면 왠지 허전하고 그런데."
"그래? 그럼 그만할까?"
"아냐, 조금만 더 하자."
외로로는 해가 질 때까지도 또 아무 말이나 입에서 나오는 대로 줄줄 이어간다.

"지금도 외로워?"
"아니, 지금은 외롭지 않은데."
"그럼 우리 조금 쉬었다 얘기할까?"
"그래, 그럼 그렇게 하자."
이번엔 커커가 먼저 말했고 외로로가 대답했다.

'오늘 내가 너무 떠들어댔나?'

외로로는 커커의 옆구리에 기대앉아 뻐근해져오는 위턱과 아래턱을 만져댔다. 아— 아— 목소리를 내보는 일로 입가가 얼마나 뻐근한지를 점검했다. 말을 많이 하긴 했지만, 그런대로 괜찮은 것 같았다. 하지만 어둠이 깔리기 시작하니 외로로는 다시 외로워지기 시작했다. 깜빡 잠이 들고 만 커커와는 얘기도 나눌 수 없었다.

"와, 달이다!"

외로워하던 외로로가 산을 막 넘어오는 달을 보고 소리쳤다. 외롭던 차에 달이 오자 좋아서 깡충깡충 뛰었다. 달이랑 놀면 외롭지 않을 것 같아서 깡충깡충 뛰었다.

'이걸 타고 달한테 가야겠어!'

외로로는 달빛 한 줄기를 당겨 타고 달을 향해 올라갔다. 달빛 줄기를 타고 성큼성큼 달에게로 다가갔다. 조금만 더 올라가면 달과 얼굴을 마주하고 얘기할 수 있겠어, 녀석은 강가 버드나무 높이만큼 올라갔고 강가 언덕 높이만큼 올라갔고 산등성 높이만큼 훌쩍 올라갔다. 그런데 하필 그때, 먹구름이 달을 가리며 지나갔다. 달빛이 점점 약해지는가 싶더니 굵고 단단하던 달빛 줄기가 순식

간에 사라지고 말았다.

'어, 뭐지?'

달빛 줄기를 잡고 있던 거미는 졸지에 허공을 움켜쥐고 있다는 걸 알게 된다.

"으악! 외로로 살려!"

외로로는 순식간에 수십 수백 바퀴를 돌며 지상으로 떨어졌다.

깜빡 초저녁잠에 들었던 커커는 뭔가 둔탁한 소리가 들려 눈을 떴다.

"외로로, 정신 차려. 나 커커야!"

"뭐, 그럼 내가 안 죽은 거야?"

원래대로라면 녀석은 죽었어야 마땅하다. 장이 파괴되어 죽었거나, 강물 위에 떨어져 빠져 죽었어야 마땅하다. 하지만 운이 좋았다. 따따와 띠띠 부부가 여섯 새끼를 치고 나간 둥지 위로 떨어진 것이다. 이젠 새소리가 들리지 않아 허전하기만 하던 빈 둥지가, 커커를 헛헛하게 만들기도 하던 빈 둥지가 녀석을 살려낸 셈이다. 외로로는 빈 둥지를 스프링 삼아 마구 뛰어오르는 것으로 외로움을 달래면서 죽다가 살아난 자신을 맘껏 축복했다.

"헉헉, 내가 가장 튼실한 달빛 줄기 하나를 잡고 달한테 거의 다 갔는데 말이야, 헉헉."

"그랬는데?"

"달한테 거의 다 갔을 때 하필 새까만 먹구름이 휙!"

"어휴, 정말 큰일 날 뻔했구나. 천만다행이야."

외로로는 조금 전의 상황을 신나게 떠드는 일로 외로움을 달랬다. 까마득한 높이에서 떨어졌지만 죽지 않고 살아난 것으로 영웅이 된 것 같은 자신을 커커에게 각인시켰다. 녀석이 재차 삼차 커커에게 조금 전의 상황을 설명하며 조금씩 더 환해지고 있을 때였다. 찬란한 뭔가가 녀석의 머리 위로 출렁출렁 내려왔다.

"외로로 위를 봐, 달이 달빛 실타래를 다시 내려줬어!"

하늘을 올려다보고 있던 커커가 말했고 녀석은 고개를 들어 위를 봤다.

"다시 또, 달빛 줄기를 타고 올라갈 거야?"

"아냐 아냐, 커커. 오늘은 그냥 너랑 있는 게 좋겠어."

외로로가 출렁출렁 내려온 달빛 줄기를 흔들어 보였다.

"내가 무서워서 그러는 게 아니라 너랑 있고 싶어서 그러는 거 알지?"

"그럼, 알고말고."

녀석은 큰 소리로 말했고 커커는 작은 소리로 대답했다.

녀석은 커커와 함께 있는 동안 외로움을 잊을 수 있어서 행복하다고 생각했다.

"넌 정말 좋은 친구야."

"너도 좋은 친구야."

"너랑 있으니까 외롭지 않고 즐거워서 좋아."

"나도 그래."

"근데, 넌 정말 외로운 적 없었어?"

"음, 외로움 비슷한 기분이 찾아올 때가 있는데 난 그다지 외로움을 타지는 않아."

"진짜?"

녀석은 커커의 대답에 놀라는 눈치였다.

"외로울 땐 어떻게 해야 할까?"

"음, 그냥. 외로우면 외로운 대로 시간을 보내면 되지 않을까? 외로움이 지겨워하다 떠날 때까지."

"아―."

"넌 깡충거미니까. 외로움이 사라질 때까지 깡충깡충 뛰어보는 건 어떨까? 그렇게 하면 너한테 눌어붙으려던 외로움이 너한테서 툭툭 떨어져 나갈지도 모르잖아."

"이렇게 신나게 깡충깡충?"

"그래, 그렇게 신나게 깡충깡충!"

녀석은 묘기를 보이듯 뛰었다.

녀석은 참으로 오랜만에 외롭지 않은 밤을 보내고 있다.

"아, 졸려!"

"그럼, 먼저 자!"

밤이 깊어지자 커커가 먼저 잠들었다.

외로로는 커커가 곤한 잠에 드는 것을 무심히 바라봤다. 그러면서, 언제 자신이 진짜 못 견디게 외로웠었는지를 더듬더듬 헤아려봤다. 그러다가 단짝이던 깡충거미 깡깡이를 떠올려보는 지점에 이르렀다. 도무지 외로움과는 아무런 관계가 없을 것 같은 예전의 단짝 친구 깡깡이.

"난 혼자 있어도 외롭지 않고 혼자 밥을 먹어도 외롭지 않아. 온종일 혼자 있어도 외롭지 않아!"

친구가 하던 말을 달빛 아래에 꺼내놓고 바라보며 생각을 이어갔다.

"깡깡아, 넌 진짜 외로운 적 없어?"

"음, 난 뭔가 지루해지거나 재미없어진 적은 있어도 견딜 수 없을 만큼 외롭다고 느껴본 적은 거의 없는 것 같아. 나한테는 방법이 있거든!"

"무슨 방법?"

"글쎄, 난 말이지. 외롭다는 게 정확히 뭔지는 잘 모르겠지만 그런 비슷한 감정이 생긴다 싶으면 무작정 신나는 음악을 들어. 신나는 노래를 무작정 따라 부르기도 하고 신나는 리듬에 맞춰 깡충깡충 뛰면서 땀에 흠뻑 젖을 때까지 춤을 추기도 해. 그냥 뭐, 막춤 같은 거 있잖아. 어쩔 땐 어디로든 뛰쳐나가 깡충깡충 그냥 혼자 막 신나게 뛰어놀다 오기도 해. 입맛까지 없어질 때가 있긴 있었는데 그냥 막 '맛있다, 맛있다' 이렇게 우겨대면서 와그작와그작 배를 든든하게 채우기도 해. 하여튼 그렇게 하고 나면 외로움 같은 게 좀 덜하더라고!"

외로로는 늘 유쾌하던 친구 깡깡이를 떠올리다 보니 피식, 웃음이 나왔다. 깡으로라도 버티면서 외로워지지 않던 깡깡이.

하지만 외로로의 경우는 이랬다.

외로울 때면 외로운 노래를 듣다가 울었고 외로운 노래를 따라 부르다가 더욱 외로워져서 울었다. 아무리 기운을 내보려 해도 기운이 나지 않았고, 먹을 걸 앞에 두고도 먹을 엄두조차 내지 못했다. 몸을 억지로라도 움직여서 기분 전환을 해보고 싶었지만, 도무지 몸이 움직거려지지 않았다. 그저 더 외로워지는 것 같았고 숨까지 턱턱 막혀오는 것 같았다. 혹시나 하는 마음에 모임에 나가보기도 했지만 별 소용 없었다. 다른 깡충거미들과 어울려 키득키득 먹고 떠들며 놀다가 다시 혼자가 되면 어쩐지 더 지독한 외로움이 몰려오는 것 같았고 어쩐지 속도 더부룩해지는 것 같았는데, 심할 때는 토를 한 적도 있다.

반면, 깡깡이는 뭘 해도 행복해하는 것 같았다. 아무것도 아닌 일에도 깔깔대며 웃었고 혹여 넘어지게 되더라도 탈탈 털고 일어나 멋쩍게 웃었다. 심지어는 누군가 깡깡이를 비아냥거리는 걸 본 적이 있었는데 그때조차 '그런 소릴 할 수도 있지 뭐' 하며 웃어넘겼다. 목마를 때 먹으려고 챙겨놓은 이슬을 누군가 슬쩍 가져다 마셔도 '목마르니까 그랬겠지' 하며 역시나, 웃어넘겼다.

'앞으로는 웃어보는 연습이라도 해볼까.'
커커는 곤한 잠에 빠져 있었고 녀석은 모처럼 덜 외로운 상태로 잠에 들었다. 의외로 먼저 깬 건 외로로였다. '한데서 하룻밤을 같이 보내는 일보다 더 가까워지는 방법이 있을까', 외로로는 이상하게도 둘이 함께 잠을 자고 나니 외로움도 가시는 것 같고 알 수 없는 친밀감도 느껴진다고 생각한다. 때론 코 고는 소리에 잠을 놓치기도 했고 잠꼬대하는 소리에 놀라 잠에서 깨기도 했지만 불편하다기보다는 아늑한 느낌이 훨씬 컸다는 것도 새삼 깨닫는다. 같이 잠을 자면서 하는 일이라고는 그저 잠을 자는 것 외에는 아무것도 없는데, 더욱 친밀하고 든든하게 여겨지는 건 왜일까. 먼저 일어난 외로로가 잠시 하던 생각을 멈추고 입가에 침이 묻은 부스스한 얼굴로 물끄러미, 커커를 바라본다.

"커커, 상쾌한 아침이야!"

외로로가 기지개를 켜고 있을 때, 딱새 울음소리가 맑고 경쾌하게 하늘로 솟구치고 있었다.

6

괜찮아, 괜찮아

나한테도 발이 있다면 나도 그렇게 한번 살아보고 싶어, 하지만 커커는 묵묵히 한자리를 지키며 사는 일만큼 귀한 일도 드물 것이라는 생각에 닿아 자신이 하는 일도 분명 가치 있고 의미 있는 일이라는 것을 되짚어본다.

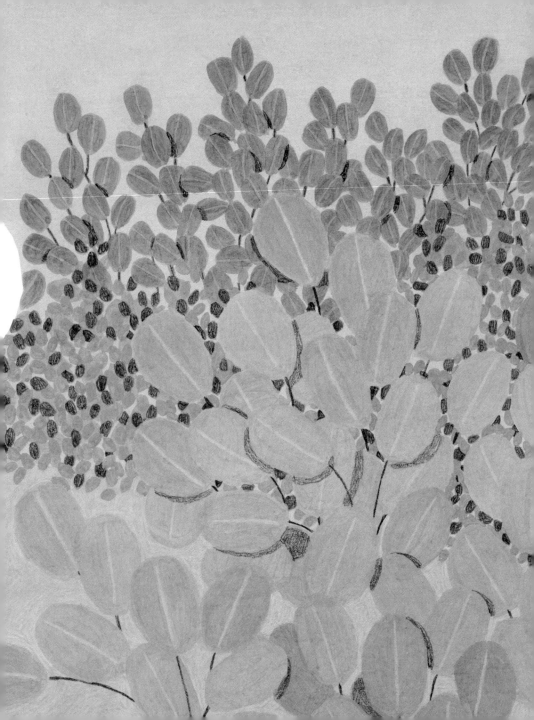

먹구름이 몰려온다. 강물이 일렁이고 풀숲이 술렁인다. 먹구름 앞세우고 왔던 바람이 장대비를 끌고 산등성을 내려온다. 강물 위로 뛰어내린 비바람이 찰바당찰바당, 일순간에 강을 건너와 풀숲을 헤집고 달려 나간다. 겁에 질린 찔레 덤불이 일제히 드러눕고 미루나무가 휘청휘청, 휘청인다. 연거푸 치는 날벼락에 쩍쩍 금이 가던 하늘이 순식간에 무너져 강물과 풀숲 위로 우르르 쾅쾅, 쏟아진다. 강둑길 코스모스 줄기는 대책 없이 쓰러지고, 강변 밭두렁 옥수숫대 몇은 속수무책으로 꺾여 흔들린다. 어찌할 방도가 없는 이 우악스러운 비바람은 언제쯤 이곳을 빠져나갈 것인가, 아까부터 두 손 두 발 다 든 버드나무가 봉두난발을 하고 있다.

'별일 없겠지?'

다행히 볕이다. 말랑말랑 물컹해진 땅을 밀고 올라온 땅강아지 한 마리가 지상으로 머리를 내민다. 한여름 비바람이 거짓말처럼 지나가고 종아리 짱짱한 햇볕이 강가로 나와 뒤꿈치를 들고 걷는 걸 바라본다.

강물은 아무렇지 않게 흐르고 풀숲은 언제 그랬느냐는 듯 더욱 푸르러져 있다. 찔레 덤불은 매무새를 살피며 구겨졌던 옷자락을 슬쩍슬쩍 펴보고, 코스모스 줄기는 툭툭 털고 일어나 가느다란 목을 가볍게 흔들어본다. 옥수숫대 몇의 자세가 흐트러져 있기는 하나, 밭 가장자리 옥수숫대는 예전처럼 양팔 간격에 맞추어 나란히 줄을 서 있다. 봉두난발이던 강가 버드나무는 무슨 일 있었느냐는 듯 단정한 머리로 맑고 높고 파란 하늘을 올려다본다.

'아, 날 한번 눈부시네.'

앞발이 삽날처럼 생긴 땅강아지 삽삽이가 앞발을 탈탈 털고는 한쪽 앞발로 눈을 반쯤 가린 채 맑고 높고 투명한 하늘을 올려다보면서 말한다. 다행히 머그컵 커커도 멀쩡하다. 간혹 흔들리기는 했지만, 컵 안쪽에 물을 가득 채우고 묵직한 자세로 그 자리를 지키고 있다.

"나보다 근사하고 멋진 지붕을 가진 땅강아지는 세상에 없을 거야. 그렇지, 커커?"

"그래, 아마도 그렇겠지!"

컵이 있는 자리 밑으로 파고 들어가 아늑한 잠자리를 새로 마련해두었던 땅강아지 삽삽이가 침실 밖으로 나와 뿌듯한 목소리로 물었고 커커가 호응해주었다.

"땅이 말캉말캉해져서 탐험하러 다니기는 그만이겠네?"

"땅이 딱딱해도 상관없긴 한데 부드러우면 더 좋긴 하지!"

이번엔 기꺼이 땅강아지네 집 지붕이 되어준 커커가 물었고, 삽삽이가 삽날 같은 앞발을 들어 보이며 대답했다.

삽삽이는 무릇 땅강아지가 그렇듯 땅을 파고 돌아다니는 것을 즐긴다. 다른 점이 있다면 다른 땅강아지보다 앞발이 확연히 크고 튼실하다는 것과 과하다 싶을 정도로 호기심이 많다는 것인데, 한 번 땅을 파기 시작하면 지쳐 쓰러질 때까지 땅속을 헤집고 다니면서 가보고 싶은 곳이라면 끝까지 가봐야 직성이 풀린다. 한마디로 망설이지 않고 일단 저지르고 보는 스타일이다.

"그럼, 이따 봐. 난, 아직 가보지 않은 땅 좀 파보고 올게."

땅강아지 삽삽이는 유별나게 땅을 파고 싸돌아다니는 걸 좋아한다. 땅을 파고 다니며 탐험하는 일보다 더 신나는 일은 세상에 없다고 생각한다. 뭔가 흥미로운 일을 하면서 얻는 즐거움보다 큰 삶의 가치는 세상에 존재하지 않을 거라 여긴다. 지금 이 순간에도 삽삽이는 넓고 크고 예리하고 튼튼한 앞발을 바라보며 흐뭇해한다.

'자, 그럼 시작해볼까.'

삽삽이는 앞발을 삽날처럼 이용해 땅을 파기 시작한다. 이번엔 또 어떤 게 나올까? 부지런한 농부가 이른 아침부터 들녘에 나가 성실하고 정직한 땀을 흘릴 때처럼 삽삽이는 땅을 파 젖힌다. 줄줄 흐르는 이마의 땀을 닦아내기도 하면서 정말 신나고 신비로운 일이 생길 것이라는 확신을 가지고 분주히 몸뚱이를 움직인다.

'강물 쪽으로 파고 들어가보면 분명 새로운 걸 볼 수 있을 거야.'

삽삽이는 얼굴을 땅 밖으로 살짝 내밀고는 자신이 파고 들어가야 할 방향을 가늠하면서 강물이 있는 쪽을 몇 번이나 확인해본다. 땅속으로 다시 고개를 집어넣은 삽삽이는 자신의 위치를 노출시키지 않기 위해 머리를 내밀었던 지점을 흙으로 단단히 메운다. 삽삽

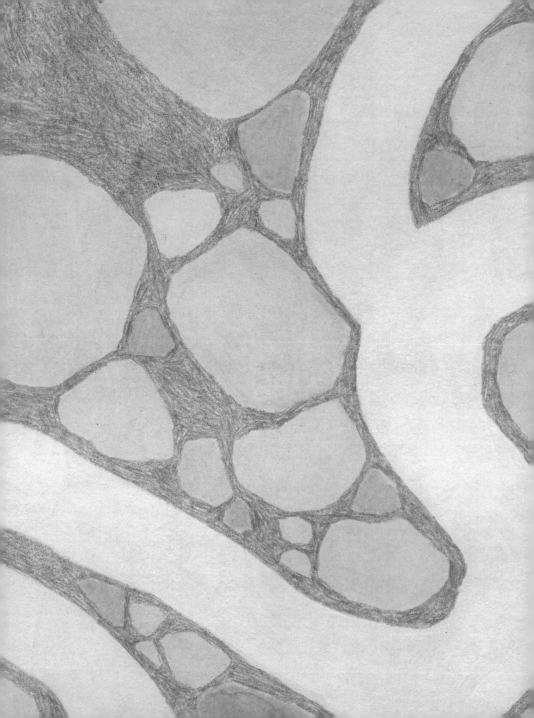

이가 머리 위로 냈던 구멍을 온전히 막자, 삽삽이가 있는 지점은 다시 친숙한 어둠으로 가득 찬다. 삽삽이는 익숙한 어둠을 즐기면서 다시 땅을 파고 들어간다. 앞발로 흙을 파헤치고 뒷발로 흙을 밀쳐내면서 돌진한다.

'이크, 이 큰 돌멩이는 뭐지?'

돌멩이에 머리를 부딪칠 뻔한 삽삽이가 삽날을 들고 잠시 멈춰 선다. 그냥 한번 까부숴볼까, 삽삽이는 앞발을 있는 힘껏 들어 올렸다 내리면서 돌멩이를 찍어 내린다. 으윽 발이 깨지는 것처럼 아프네, 삽삽이는 아픈 앞발에 입을 대고 불어댄다. 구멍을 더 크게 파서 들어내는 편이 낫겠어, 삽삽이는 돌멩이 주변을 넓게 파내고는 돌멩이를 흔들고 굴려 뒤로 빼낸다. 이 정도 고생도 없이 어떻게 신나고 신비로운 일을 만날 수 있겠어, 잠시 숨을 고른 삽삽이는 언제나 그랬던 것처럼 다시 씩씩하게 땅을 파고들기 시작한다.

'오, 이 맛있게 생긴 뿌리는 뭐지?'

삽삽이는 통통하게 살이 오른 당근 하나를 발견했다. 강가 비탈밭에서 날아와 떨어졌던 당근 씨앗 하나가 뿌리를 내린 모양인데 볼품은 없었다. 하지만 삽삽이가 보기에는 최상의 것이었다. 누군가에게는 있으나 마나 한 무엇인가가 자신한테는 꼭 필요한 것처럼.

'와우, 정말 기가 막힌 맛이군.'

삽삽이는 당근을 삭삭 갉아 먹기 시작한다. 당근즙을 쪽쪽 빨아 마시며 목을 축이고, 싱싱하고 통통한 쪽을 아삭아삭 파 먹으며 허기진 배를 채운다. 삽삽이는 여기까지 땅을 파고 온 일이 결코 헛되지 않았다는 것만으로도 뿌듯하다. 끄윽, 트림을 한 삽삽이는 그 자리에 누워 한잠 자기로 한다.

'급할 거 없잖아.'

삽삽이는 흐뭇하게 배를 문지르며 잠깐 눈을 붙인다. 나름 폭신폭신하네, 당근 잔뿌리로 임시 깔개를 만든 후에야 나른한 몸을 편다.

아득한 잠이었다. 얼마나 잔 거지? 하품을 크게 하며 일어난 삽삽이는 앞발을 힘껏 뻗어 기지개를 켠다. 일하다 말고 잠깐 자둔 낮잠이 삽삽이를 더욱 기운 나게 한다.

'당근도 맛있었는데 낮잠까지 그만이네.'

삽삽이는 눈을 비비다 말고 삽날을 살핀다. 어디 날이 나갔거나 무뎌진 곳은 없나, 삽날 구석구석을 꼼꼼히 점검한다. 그리고 다시 땅을 파대면서 앞으로 쭉쭉 나아가기 시작한다.

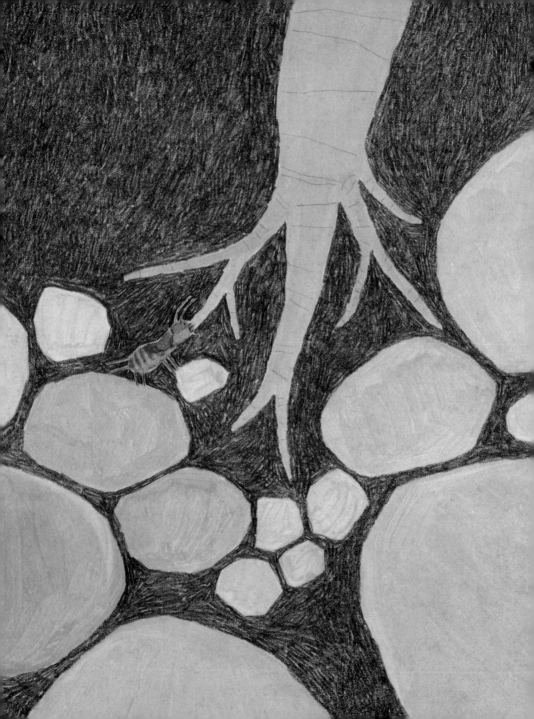

'어, 모래흙이 자꾸 나오네. 그새, 강물이 가까워진 건가.'

삽삽이는 안쪽 풀숲에서 강가 근처까지 굴을 뚫고 온 자신이 대견해 보였다.

'땅이 좀 축축해지는 것 같네. 이건 내가 강가에 거의 당도했다는 증거일 거야. 조금만 더 파 들어가면 맛있는 억새 뿌리도 먹을 수 있겠지?'

삽삽이는 더욱 기운을 내 땅을 긁어내며 앞으로 나아갔다.

'아, 진흙에 박힌 돌이 또 나오네. 그냥 옆으로 돌아갈까?'

삽삽이는 그냥 옆으로 비켜 갈지, 그대로 밀고 갈지를 잠깐 고민하다가 그냥 밀고 가기로 마음먹는다. 진흙을 떼어내고 돌멩이를 빼내야겠어, 삽삽이는 덕지덕지 붙어 있는 진흙을 하나하나 떼어내기 시작한다.

'아, 이 정도면 빠질 것 같기도 한데!'

삽삽이는 있는 힘껏 돌멩이를 흔들어 당겼다. 그리고 곧 삽삽이는 그대로 기절했다.

"삽삽아, 정신이 좀 들어?"

"내가 왜 여기에 누워 있는 거지?"

삽삽이는 커커의 몸에 머리를 기대 누워 있다가 정신을 차리려고 머리를 흔들어댔다. 삽삽이가 정신을 잃은 상황은 이러했다. 삽삽이는 진흙에 붙어 있던 돌멩이를 힘껏 당겼고 그 돌멩이가 빠지는 순간 삽삽이가 뚫은 굴과 강물은 곧바로 연결되었다. 강물은 순식간에 삽삽이가 뚫고 온 구멍으로 휘몰아쳐 들어갔고 삽삽이는 거침없이 밀고 들어오는 엄청난 수압에 온몸이 들린 채 뒤로 떠밀려 나갔다. 마구 흔들어 딴 탄산음료가 순식간에 솟구쳐오를 때처럼 쏠려 나가다 처음 출발 지점인 머그컵 집 앞으로 솟구쳐 올라왔다. 물줄기를 타고 솟구쳐 올랐던 몸뚱이가 정점의 높이까지 다다랐다가 순식간에 내동댕이쳐졌다.

삽삽이는 가볍게 몸을 움직여본다. 다행히 특별히 다친 데는 없다. 삽삽이는 팔다리나 목 허리 같은 부위가 댕강 부러지지 않았다는 것만으로도 무척 다행스러운 일이라고 여겼다. 삽삽이는 아찔하고 끔찍한 순간을 지나 가장 아늑하고 안전한 지대에 닿은 셈이었으니까.

"삽삽이 너는 왜 위험을 무릅쓰고 새로운 곳으로 가보는 걸 좋아하지?"

"그거야, 뭐. 예측할 수 없는 새롭고 신나는 일들이 일어나니까 그렇지."

"침실까지 물이 가득 찼는데 그건 어떡할 거야?"

"나는 원래 습기를 싫어하지 않잖아. 그러니까 습기를 좀 보충했다 생각하면 돼."

정신이 돌아온 삽삽이는 커커가 있는 자리 밑으로 들어가 침실 쪽으로 뚫린 물구멍을 막았다. 돌멩이를 몇 개나 밀어 넣어 단단히 틀어막고 진흙을 꼼꼼하게 발라 물이 조금도 새지 않게 했다. 그러고는 몸을 추스르며 며칠 쉬어야겠다고 마음먹었다. 하지만 하룻밤 자고 일어나자 몸이 근질거려서 도저히 참을 수 없었다.

"또 어디를 가려고 날을 살피는 거야?"

"응, 몸이 영 근질근질해서. 어디든 파고 들어가보려고!"

커커가 묻는 말에 삽삽이는 건성건성 대답하면서 삽날을 점검한다. 아직 가지 않은 길을 가보는 것만큼 설레는 일이 또 있을까, 마음만 먹으면 언제든 머뭇거림 없이 걸음을 뗄 수 있다는 것만으로도 삽삽이는 신난다. 해서, 언제든 한곳에 머물지 않고 매번 새로운 곳을 향한다. 안주가 아닌 도전을 선택해 가슴을 뛰게 하는 일로 자신의 존재를 확인한다. 어떤 일이 일어날지 모르는 두려움이 아예 없는 것은 아니나 남들이 아직 해보지 않은 앞선 걸음을 해봤다는 뿌듯함과 새로운 경지에 다다라봤다는 흐뭇함에 비하면 아무것도 아니라고 여긴다.

밀고 나가는 힘이 남다른 삽삽이의 그런 모험 정신을 커커는 각별하게 살핀다. 남들이 보기에는 비록 무의미하고 무모해 보일지도 모르지만, 실패를 두려워하지 않는 자세만으로도 충분히 응원을 보낼 만한 가치가 있다고 생각한다. 나한테도 발이 있다면 나도 그렇게 한번 살아보고 싶어, 하지만 커커는 묵묵히 한자리를 지키며 사는 일만큼 귀한 일도 드물 것이라는 생각에 닿아 자신이 하는 일도 분명 가치 있고 의미 있는 일이라는 것을 되짚어본다. 누구인가의 든든한 존재가 될 수 있다는 건 귀한 일이야, 슬프거나 외롭고 힘든 이가 찾아오면 언제든 그들에게 의지가 되고 위로가 되는 존재로 당분간은 살아가야겠다고 커커는 다짐한다.

"그럼, 나 좀 다녀올게!"

삽삽이는 이번엔 안전하게 땅을 파야겠다고 마음먹고는 강 언덕 쪽을 향해 땅을 파 나가기 시작했다.

"난, 삽이 좋아. 난, 삽이 좋아. 삽쟁이 삽삽이는 삽이 좋아!"

삽삽이는 아무렇게나 지어 만든 노래까지 흥얼거리면서 땅을 파기 시작했다. 뿌리가 나오면 뿌리를 갉아 먹고 돌멩이가 나오면 돌멩이를 치워내면서 앞으로 쭉쭉 나아갔다. 여긴 빙 돌아가는 게 좋겠어, 바위가 나오면 바위 둘레를 빙 뚫고 지나가면서 굴의 길이를 늘려갔다. 그렇게 파고 들어가던 삽삽이는 거대한 자연문화유산 하나를 발견했다. 어마어마하게 큰 동굴 안에 자신이 들어온 것. 이건 굴이 아니고 거대한 광장 같아, 삽삽이는 그 동굴에서 수백 수천 아니 수만의 땅강아지가 살아도 되겠다고 생각한다.

'와, 이렇게 크고 멋진 굴은 처음이야!'

삽삽이는 근사한 고고학자가 된 기분이었다. 고고학자가 수만 년 전의 어마어마한 유적을 발견했을 때처럼 놀란 입을 다물지 못했다. 나한테 이렇게 대단한 능력이 있다니, 삽삽이는 거대한 동굴을 바라보면서 주위를 살폈다.

'이건 뭐지? 오래전 문명의 흔적인가?'

삽삽이는 검은 털 같은 걸 하나 주워 유심히 살펴보다가 그걸로 자신의 겨드랑이를 살살 간질여보았다. 큭큭, 삽삽이는 웃음을 참으며 흐뭇한 마음을 주체할 수 없었다. 그리고 곧 거뭇거뭇 반짝이는 왕구슬 두 개가 자신을 향해 굴러오는 것을 발견하고는 곧, 정신을 잃었다.

"삽삽아, 어때. 정신이 좀 들어?"

"……어, 내가 살아 있는 거야?"

삽삽이가 발견한 거대한 자연문화유산은 두더지 굴이었다. 두더지 굴로 들어가 눈이 반짝반짝 크고 앞니가 무시무시한 두더지와 맞닥뜨리게 되었던 것이었다. 어마어마한 상황과 맞닥뜨리게 된 삽삽이는 순식간에 정신 줄을 아예 놓고 말았는데, 한 가지 다행스러운 것은 그 와중에서도 자신이 뚫었던 굴을 본능적으로 찾아 그야말로 본능적으로 도망칠 수 있었다는 것이다. 물론 삽삽이는 정신 줄을 놓고 무의식의 상태로 미친 듯이 달려왔기 때문에 그 어떤 기억도 머릿속에 남지는 않았다. 커다란 구슬 두 개가 번뜩번뜩, 자신을 향해 굴러왔다는 것 외에는. 아니, 달려왔던가?

삽삽이가 놀란 가슴을 쓸어내리며 풀숲 가에서 하루 쉬고 있을 때였다.

"괜찮아. 괜찮아. 난 이렇듯 괜찮아!"

깡충거미 한 마리가 이렇게 혼잣말을 하며 깡충깡충 빠르게, 삽삽이 앞을 지나갔다. 자기 안의 자신한테 똑똑히 새겨들으라고 충고하는 듯 크고 또랑또랑하게 말하며 신나게 깡충깡충, 풀숲 가운데로 뛰어 들어갔다. 삽삽이가 '쟤, 뭐지?' 하는 순간 깡충거미는 깡충깡충 신나게 풀숲 가운데로 사라졌다. '쟤, 뭐지?'

"괜찮아. 괜찮아. 난 이렇듯 괜찮아!"

자신도 모르게 웃음을 지어 보이던 삽삽이는 깡충거미가 깡충깡충 뛰어가며 한 말을 따라 해보았다. 그리고 뭔지 정확히 모르겠지만 마음이 편해지는 걸 느낄 수 있었다. 삽삽이는 목소리 톤을 바꿔가며 몇 번이나 이 말을 따라 하면서 모래알처럼 작아진 자신의 심장이 커지기를 기다렸다.

풀숲 가에서 돌아온 삽삽이는 다시 굴을 파는 일을 시작해야겠다고 생각했고 커커에게도 자신의 마음을 전했다.
"이번엔 어느 쪽으로 굴을 팔 거니?"
"글쎄. 이번엔 저기 밭두렁 쪽을 보고 파 들어가보면 어떨까 싶어. 이틀이나 쉬었더니 몸이 아주 근질근질해 미치겠어!"

삽삽이는 호흡을 가다듬고 땅을 파 들어가기 시작했다. 지성이면 감천이라 했던가. 삽삽이는 땅을 파기 시작한 지 한 시간도 못

되어 보물 창고를 발견하게 되었다. 창고 안은 먹을 것으로 가득 차 있었다. 이게 꿈이야 생시야, 삽삽이는 앞발을 들어 자신의 뺨을 힘껏 때려보았다. 볼이 얼얼했다. 분명 꿈이 아니라는 걸 확인한 삽삽이는 자신이 이걸 발견하려고 여태 고생고생하며 여기까지 온 것은 아닌가 하는 생각이 들었다. 그리고 그런 자신이 무척 대견하고 자랑스러웠다.

'보자, 보자. 뭐부터 먹어볼까?'

삽삽이가 지렁이 육포 한 조각을 뜯으려는 찰나, 창고 문이 철커덕 열렸다. 수백 수천, 아니 수만? 그 수를 감히 헤아릴 수 없는 작고 검붉은 매서운 눈이 번뜩번뜩, 삽삽이를 향해 일제히 몰려오고 있었다. 어, 저것들은 대체 뭐지? 삽삽이는 일순간 다릿심이 쫙 빠져 그대로 주저앉았다. 부, 부, 불개미 군단? 그러니까 거기는 아직까지 '진다는 게 무엇인지 모르고 그 수가 대체 얼마인지를 도무지 세어낼 수 없다'는 불개미 군단의 식량 창고였다. 삽삽이는 그쯤에서 정신을 잃었다.

하지만 삽삽이는 삽삽이였다. 무의식적으로 돌멩이를 들어 구멍을 순식간에 틀어막은 삽삽이는 역시나 무의식적으로 기어 집으로 돌아왔다. 술에 취해 모든 기억이 끊긴 이가 무의식의 상태로 자

신의 집을 정확히 찾아갈 때처럼.

"삽삽아, 괜찮아? 이쪽 볼이 좀 부었네."

"아 뭐. 좀 따끔거리고 가렵긴 한데 괜찮아."

삽삽이는 그나마 불개미한테 딱 한 방 물리고 끝난 뺨을 만지며 정신을 차려보려 안간힘을 썼다.

"아, 맞다. 커커. 자, 자, 잠깐만!"

삽삽이는 몸을 일으켜 침실과 연결된 굴로 다시 들어갔다.

'얼마나 더 들어가야 하지? 아, 여기가 끝이군. 뭐야, 역시나 예상대로 돌멩이가 흔들거리고 있잖아!'

삽삽이는 불개미 군단을 막았던 곳에 수십 수백 개의 돌멩이를 차곡차곡 밀어 넣어 수십 수백 겹의 벽을 쌓고서야 굴 밖으로 기어 나왔다.

'후유, 내일은 좀 멀리 가서 아늑하고 조용한 곳을 찾아봐야겠어!'

7

내 맘 깊은 곳이

핑핑이가 흘리는 맑고 따뜻한 눈물은 핑핑이의 볼을 타고 흐른다기보다는
곁에 있는 커커의 마음 안쪽 깊은 곳으로 흘러 들어가 투명하고 고요하게
번진다. 갈라지고 부르튼 지점을 찾아내 흐르면서 포근하고 먹먹하게 스
며든다. 용케도 물기가 필요한 틈으로 배어들어 아리고 아픈 것들을 위로
하고 어루만져준다.

여름이 왔다. 여름이 오니 여름을 따라 여름 꽃이 왔다. 풀숲으로 여름 꽃이 몰려왔다. 까치수염이 왔고 며느리밥풀꽃이 왔고 달개비가 왔다. 비비추가 왔고 맥문동이 왔고 나리꽃이 왔고 칡꽃이 얼기설기 몰려와 있다. 바위채송화가 와서 바위틈을 차지하고 달맞이꽃이 우르르 몰려와서 여름 달을 올려다본다.

느린 걸음이다. 민달팽이가 길을 나선다. 끈적끈적한 점액질을 흘리며 강가 풀숲 사이를 느릿느릿 지나간다. 그가 흘린 점액질이 모래 위에도 묻고 뿌리 위에도 묻고 자갈돌 위에도 묻고 나무 밑동에도 묻는다.

풀숲을 돌아다니던 민달팽이가 노란 빛깔 꽃을 보고는 밀고 가던 길 위에 잠깐, 멈춘다.

'벌써 원추리가 폈네.'

민달팽이 핑핑이는 그새 또 눈가가 축축하게 젖는다. 감성쟁이답게 끈적끈적한 점액질을 흘려대며 흐느낀다. '저 여린 것이 꽃대를 밀어 올리고 꽃봉오리를 터트리느라 얼마나 힘들었겠어.' 그는 원추리를 한없이 대견스러워하며 훌쩍훌쩍, 훌쩍댄다.

'뭐야, 저기 꽃 끝에 웬 상처가 있는 것 같네?'

'저 원추리꽃은 해가 지면 곧 시들고 말 텐데 왜 상처까지 있는 거지?'

'꽃이 저렇게 예쁘고 고운데 왜 하루 만에 지는 거지?'

'꽃향기가 이렇게 좋은데 왜 벌은 없는 거지?'

'와, 다행히 다른 꽃봉오리가 맺히고 있어.'

'와, 꿀벌이 왔어. 꿀벌이 와서 정말 다행이야!'

'그래, 벌이 와서 앙증맞게 왱왱대니까 얼마나 좋아!'

그는 작고 여린 것들만 보면 자꾸 눈물이 나온다. 아무리 멈추려 해도 멈춰지지 않는다. 일단 한번 감성이 폭발하면 도무지 멈춰지지 않는다.

그는 어제도 울었고 그제도 울었고 그끄제도 울었다.

어제 민달팽이 핑핑이가 울게 된 건 순전히 노루 때문이다. 풀숲을 지나 강가에 물을 마시러 왔던 노루가 강가 풀숲에 남기고 간 발자국 때문이다. 선명하게 찍힌 노루 발자국에 스멀스멀 고여오던 물 때문이다. 노루가 파주고 간 발자국 샘물 때문이다.

그는 풀숲 꽃밭으로 가고 있었다. 하지만 날이 너무 더웠다. 목은 말라왔고 몸은 지쳐갔다. 그러다 노루 발자국 샘물을 발견했다.
'노루가 아니었으면 어떡할 뻔했어.'
그는 물을 마시기 전부터 울먹였다.
'뭐야, 물맛이 어쩜 이렇게 좋을 수 있지!'
물 한 모금 마시는 동안에 눈물이 맺혔다.
'뭐야, 발자국 샘물에 하늘이 비치고 있어.'
그는 물 한 모금을 더 마시다가 발자국 샘물에 비친 하늘이 너무 아름다워 보여서 울먹였다.

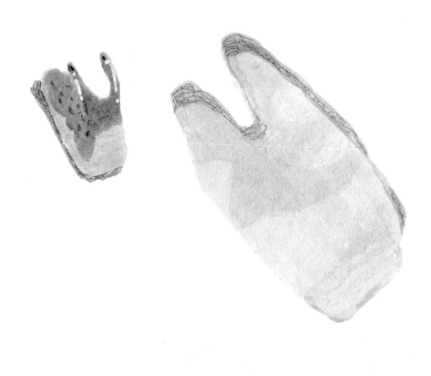

'뭐야, 발자국 샘물로 꽃잎 하나가 내려와 앉아 있어.'

핑핑이는 이 지점에서 감성이 솟구쳤다. 노루 발자국 샘물이 반갑고 고마워서 울었고 그 샘물이 예쁜 그림 같아 감탄하며 울었다. 어디선가 날아와 떨어진 꽃잎이 아름답고 안타까워서 울었다. 자신이 이 장면을 놓치지 않고 볼 수 있게 된 것에 감사하며 울었고, 자신이 아니었다면 꽃잎을 아무도 봐주지 않았을 것 같아, 꽃잎을 안쓰러워하며 엉엉 울었다.

소풍을 나왔다는 것도 잊은 채 핑핑, 여리고 따뜻하게 울었다.

그제 핑핑이가 울게 된 건 순전히 칡꽃 냄새 탓이다. 풀숲을 헤쳐가며 사방으로 줄기를 뻗어 번진 칡이 향기로운 칡꽃을 피운 탓이다. 하필이면 강바람이 살랑살랑 불어, 칡꽃 향기가 초저녁 강가 풀숲으로 번진 탓이다. 또 하필이면 때마침 개밥바라기와 초승달이 초저녁 산봉우리 위로 막 떠오른 탓이다.

핑핑이는 강가 풀숲으로 초저녁 산책을 나왔다가 매혹적인 냄새를 맡고 걸음을 멈추었다. 무슨 향기지? 그는 코를 크게 열고 향기로운 냄새를 흠씬 들이마셔보았다.

'와, 정말 끝내주는 향기야.'

'무슨 향기가 이렇게 매혹적일 수 있지?'

'강물 냄새와 칡 향기의 하모니라니, 몽롱하니 너무 좋아.'

'이 향기에 이 초저녁 빛깔은 뭐지? 너무 쓸쓸하고 향기롭고 아름다워.'

'뭐야, 개밥바라기와 초승달에서도 강물 냄새가 나고 칡꽃 향이 나는 것 같아!'

'이 칡꽃 냄새를 나 혼자만 맡아야 한다니.'

그는 칡꽃 냄새를 한 번 들이켜고 글썽였고 칡꽃 냄새를 두 번 세 번 들이켜다가 눈물을 줄줄 흘렸다. 그러다가 개밥바라기별과 초승달까지 나타나자 감성이 폭발했다. 칡꽃 향기와 더불어 강바람에 대한 고마움의 눈물이었고 초저녁의 아름다움을 향한 경이로운 눈물이었다. 그의 울음은 절정으로 치닫고 있었고 그는 어찌할 수 없는 울음을 끌고 어디론가 갔다.

"나 좀 울고 가도 되니?"

민달팽이 핑핑이는 머그컵 커커가 내준 울음방으로 들어가 마음 안쪽에서 일렁이는 울음을 밖으로 끄집어내고 또 끄집어냈다. 이런 게 카타르시스인가? 그는 오랜만에 울음다운 울음을 쏟아내면서 이제야 좀 후련해지는 것 같다고 생각했다. 자신을 실컷 울게 해준 커커에 대한 고마움과 미안함의 눈물도 잊지 않고 아낌없이 훌쩍거리면서.

"커커야, 이렇게 혼자 지내는 거 힘들지 않아?"
"응, 힘들지 않아."
"힘들지 않긴 왜 힘들지 않겠어."
그는 커커의 외롭고 쓸쓸했을 밤들을 생각하며 눈물을 훔친다. 따로 말을 하지는 않았지만 낯선 곳으로 와서 두렵고 지루하고 긴 날들을 보내고 있는 게 틀림없을 커커를 생각하며 눈물을 떨군다. 핑핑이가 흘리는 맑고 따뜻한 눈물은 핑핑이의 볼을 타고 흐른다기보다는 곁에 있는 커커의 마음 안쪽 깊은 곳으로 흘러 들어가 투명하고 고요하게 번진다. 갈라지고 부르튼 지점을 찾아내 흐르면서 포근하고 먹먹하게 스며든다. 용케도 물기가 필요한 틈으로 배어들어 아리고 아픈 것들을 위로하고 어루만져준다.

"내 생각을 해주는 건 고마운데, 너무 울지는 마."
"그래, 울지 않을게."
그는 울지 않으려 할수록 눈물이 나와서 한참이나 더 울지 않을 수 없었다.

"속을 이렇게 비워두고 사느라 얼마나 힘들었겠어."

"아냐, 힘들지 않아."

"아니긴 뭐가 아냐. 나도 그 정도는 알아!"

그는 말을 마치기도 전부터 또 울기 시작했다. 그러면서 커커의 몸에 기대 미끄러져 올라가면서도 점액을 흘렸고 커커의 어깨에 엎드려서도 끈적끈적한 액체를 뿜어냈다. 그는 다시 울음방으로 들어갔다.

"어떻게 네 안쪽 전부를 내줄 수 있지?"

"나 같으면 절대 그렇게 하지 못했을 거야!"

"어쩜 이렇게 빈 둥지가 포근하게 느껴지지?"

"이렇게 기쁜 눈물을 흘릴 수 있다니 이건 너무 낭만적이야!"

"이 깃털은 너무 부드러운 것 같아."

"네 울음통 덕에 실컷 울 수 있어서 너무 행복해."

"내 울음이 네 바닥 깊은 곳으로 스며들고 있어!"

"난 네가 그렇게 뜨거운 불구덩이를 통과해 온 줄 몰랐어."

"내 울음을 너한테 다 줘서…… 미안하고 고마워서 어쩌지?"

핑핑이는 울어야 할 이유를 계속 만들어내 우는 존재 같았다.

그끄제 핑핑이가 운 건 순전히 땅강아지 때문이다. 흙투성이 땅강아지 한 마리가 허겁지겁 구렁이 굴에서 쫓겨나오는 게 너무도 측은해 보였기 때문이다. 헐레벌떡 쫓기던 땅강아지 한 마리가 어떻게든 살아보겠다고 허겁지겁 땅을 파며 숨어드는 모습이 너무도 안타까워 보였기 때문이다. 지상에서 살지 못하고 지하에서 살아야 하는 땅강아지의 삶이 문득, 핑핑이의 가슴 안쪽을 아리게 파고들었기 때문이다.

핑핑이는 그끄제, 이른 아침부터 길을 나섰다. 날이 더 더워지기 전에 풀숲 그늘에 들어 더위를 식힐 요량이었다. 축축한 낙엽 더미를 덮고 낮잠이나 자면서 한여름 땡볕을 넘기면 좋겠다 여기고 길을 나선 터.

'그늘에 들기만 해도 벌써 시원해지는 것 같네.'
민달팽이의 걸음은 더뎠지만 곧 버드나무 그늘 한쪽에 들 수 있었다.

'적당히 촉촉하고 적당히 습기가 있는 낙엽이 어디 없나?'
그는 두리번거리고 있었고 어디선가 짧고 다급한 비명이 들려왔다. 고개를 돌려 보니 땅강아지였다.

'땅강아지가 왜 구렁이 굴에서 뛰쳐나오지?'

구렁이 굴에서 뛰쳐나온 땅강아지는 눈이 풀려 있었다. 눈이 풀린 상태로 좀 더 울창한 풀숲 쪽으로 허겁지겁 헐레벌떡 달려나가고 있었다.

'헉, 구렁이가 머리를 쑥 내미네.'

땅강아지가 '나 살려라' 하고 뛰쳐나가는 모습을 구렁이가 혓바닥을 내밀며 쳐다보고 있었다.

'땅강아지가 뭔가를 잘못했나?'

구렁이는 굵고 기다란 몸을 굴 밖으로 쭉 뽑아 올리는가 싶더니 혀를 날름거리다가 구렁이 굴로 다시 들어갔다. 구렁이가 땅속으로 들어가자 핑핑이는 알 수 없는 안도의 한숨을 쉬었다. 그러면서 눈가가 젖어오기 시작했다. 자신이 위태로웠던 것도 아닌데 마치 자신이 죽기 직전에 살아나기라도 한 것처럼.

'뭐야, 땅강아지가 완전 겁에 질려 있잖아!'

구렁이 굴에서 뛰쳐나온 땅강아지는 온몸을 바들바들 떨며 허둥대고 있었다. 뭐야, 대체 무슨 일이 있었던 거지? 불쌍해서 어떡

해, 그는 울음을 터트렸다.

'참 대단한 삽날이야!'

그는 땅강아지가 허둥지둥 땅을 파고 들어가 숨는 모습을 보면서 콧물을 훌쩍였다. 그 모습이 우스워 보이다가도 한없이 짠해 보여 그는 웃으면서도 울었다. 그러다가 결국 또 감정을 폭발시키고 말았다.

'저 흙투성이 땅강아지가 어쩐지 막 안타까워.'
'구렁이가 그냥 제집으로 들어가서 다행이야.'
'땅강아지가 그냥 땅 위에 살면 좋을 텐데.'
'그래도, 땅강아지가 씩씩해 보이니까 안심은 되네.'
'저러다 삽날이 부서지면 어떡하지?'
'아, 다행히 땅강아지가 굴 파기에 성공한 것 같아.'

울음은 좀 길다 싶게 이어졌다. 그는 쏟아내야 할 울음을 다 쏟아낸 뒤에야 낮잠을 자기 위해 낙엽 더미 속으로 파고 들어갔다.

'너무 푹신하고 너무 촉촉한 거 아냐.'

잠자리에 들면서도 그는 행복한 눈물을 끈적끈적 흘렸다.

'아, 오늘은 바람이 너무 좋다.'

그는 걷다가도 문득문득 눈물이 났고 걸음을 멈추고 서 있으면서도 눈물이 났다. 아름다운 것이나 안타까운 것을 가만히 보고만 있어도 자신도 모르게 글썽거렸다.

'이거 너무 맛있잖아.'

연하고 맛있는 상추를 갉아 먹다가도 너무 맛있어서 울먹였다.

'근데, 상추가 문득 불쌍해 보이네.'

어쩔 땐 상추를 잘 먹다가도 불현듯 상추가 안타까워서 울기도 했다. 상추를 먹어야만 하는 자신을 자책하면서 눈물을 떨굴 때도 있었다.

'그냥 있기에는 밤바람이 너무 아까워.'

날이 저물고, 습하고 시원한 밤바람이 불자 그는 커커가 있는 곳으로 밤 산책을 나섰다.

"커커, 어쩜 좋아. 밤비가 올 것 같아."

커커 앞에 막 닿은 그가 말했다.

"그걸 어떻게 알지?"

"못 느끼겠니? 분명 비를 데리고 오는 바람이잖아."

"그래? 어, 뭔가 툭툭 떨어지네."

"내가 뭐랬어. 비가 올 거라고 했잖아."

그의 예상은 곧 적중됐다.

"비 온다고 그새 또 눈물이 터지는 거야?"

무언가 집중하는 듯한 핑핑이는 커커가 하는 말을 듣지 못한다. 대신, 마음 안쪽 깊은 곳에서부터 일순간에 터져 나오는 말을 밤하늘에 대고 중얼중얼 쏟아낸다. 마치 감수성 예민한 시인이 단숨에 시 한 편 써가며 혼잣말로 읊조려보듯이.

'민달팽이 핑핑이인 내가 글썽글썽 순하고 기분 좋게 글썽여, 강가 풀숲에 비가 오는 여름밤이다. 기다렸다는 듯 청개구리가 빗소리를 튕겨내고 버드나무 이파리와 미루나무 이파리가 빗소리를 튕겨내는 여름밤이다. 얼결에 머그컵 커커도 경쾌하게 빗소리를 튕겨내는 여름밤. 흠뻑 젖고 싶어, 며느리밥풀꽃이 빗소리를 흠씬 마시고 달개비가 빗소리를 달콤하게 마시는 여름밤이고 비비추가 춤을 추고 맥문동이 머리를 흔들어대는 여름밤이다. 너무 반가워서 눈물이 날 것 같아, 강아지풀이 꼬리를 흔들어 비를 반기고 바위채송화가 바위 위로 오르며 비를 반기는 여름밤이고 얼기설기 고개를 내민 칡꽃도, 달을 맞으러 나온 달맞이꽃도 흠씬흠씬 비를 맞는 여름밤이다. 무엇보다 민달팽이 핑핑이인 내가 빗물로 눈물을 가린 채, 몸 안에 남아 있는 눈물을 다 내보내기 좋은 여름밤이다.'

방금 내가 뭐라고 한 거지, 핑핑이가 가볍게 고개를 흔들어보
는 사이 줄줄이 이어지던 말들은 이미 빗물에 섞여 사라지고 없다.
그러든 말든, 핑핑이가 눈가의 물기를 닦아가며 깊어지기엔 부족
할 게 없는 밤이다.

'내 맘 깊은 곳이 기분 좋게 젖고 있어!'

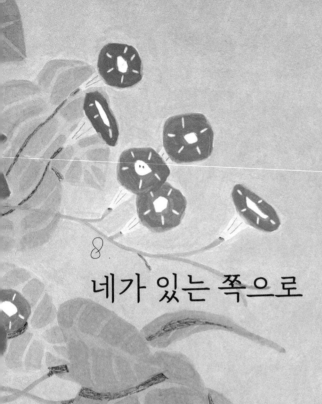

8.

네가 있는 쪽으로

커커는 적지 않은 시간을 보낸 뒤에야 자신이 어떤 색상의 식탁이나 테이블과도 무난하게 잘 어울린다는 것을 점차 알아갔다. 어떤 공간에 있든 돌출되지 않고 스며들어 자연스레 어우러지는 새하얀 존재란 걸 깨달아갔다. 저마다의 개성을 밀쳐내는 게 아니라 받아내는 일로 상대의 빛나는 지점을 더욱 돋보이게 하는 존재라는 것도, 상대와 더불어 자신도 묵묵히 반짝이는 존재라는 것도.

땡볕이다.

고개 들어 허공을 짚고 올라가던 나팔꽃 줄기가 뒷등을 보인다. 팔을 뻗어 나뭇가지를 움켜쥐려던 덩굴손을 늘어뜨린다. 당당하게 쫙 펴고 있던 어깨를 늘어뜨리고 움츠린다.

'더는 못 버티겠어.'

켜켜이 진초록을 더해가던 줄기가 초록 손바닥을 힘없이 내려놓는다.

해는 나팔꽃 줄기를 기어이 무너뜨린 뒤에야 서녘으로 건너가고 초저녁 검푸른 어둠이 맑고 투명하고 상큼한 공기를 데리고 강변 풀숲으로 스멀스멀 스며든다. 그리고 이것은 무엇인가. 차고 맑은 초가을 밤, 이슬이 내려온다. 스스로 눈이 되고 발이 되고 날개가 되어 지상으로 내려온다. 사뿐 내려와, 풀잎에 매달리고 나뭇잎에 매달리고 꽃잎에 매달린다. 메꽃 줄기를 잡고 매달리고 으름덩굴을 잡고 매달린다. 수숫대 이파리를 타고 미끄러지고 옥수숫대 이파리를 타고 내려온다. 강가 풀숲 나팔꽃 줄기를 잡아 타고 빙글빙글, 돌아 내려와 나팔꽃의 마른 입술과 발등을 적신다.

팔을 늘어뜨리고 있던 나팔꽃 줄기가 슬쩍, 어깨를 편다.

'아, 이제는 정말 살 것 같아.'

나팔꽃 줄기가 오므라들던 손을 펴고, 물기 없이 뻑뻑하던 물관을 정비한다.

'꽃망울을 열 시간이 다가오고 있어.'

아직 짙은 어둠에 들어 있는 나팔꽃 줄기가 주섬주섬 꽃을 열 준비를 한다.

'오늘 피워야 할 꽃이 몇이더라?'

아침이 오기 전에 피워야 할 꽃망울의 수를 나팔꽃 줄기가 셈해본다.

'이 정도 밝기면 되겠지?'

나팔꽃 줄기가 첫 번째 나팔꽃을 켜본다.

'보랏빛을 조금만 더해볼까?'

두 번째 나팔꽃을 켜서 머리 위쪽으로 올려본다.

'조금만 더 밝게 켜볼까?'

세 번째 네 번째 나팔꽃을 켜서 탁탁, 내건다.

다섯 번째 여섯 번째 일곱 번째…… 열여덟 번째 열아홉 번째……, 보랏빛 나팔꽃을 줄줄이 켜서 내건다.

'와- 맑고 밝은 보랏빛이야!'
보랏빛 나팔꽃 등이 나팔꽃 줄기마다 켜져 강가 풀숲을 환히 비춘다.

'어쩜, 너무 환상적인 보랏빛이야.'
새벽 산책을 나왔던 민달팽이 한 마리가 나팔꽃 등이 켜진 걸 저쪽 바위 위에서 뒤늦게 보고는 그새 또 훌쩍거린다.
'꽃을 피우느라 얼마나 힘들었겠어.'
'이렇게 아름다운 보랏빛은 처음이야.'
'너무 아름다워서 눈물이 막 나와.'
'저 혼자 서 있기도 힘들었을 텐데 꽃까지 피우다니!
'저 가녀린 몸으로 어떻게 저렇게 아름다운 꽃을!'
'지난밤 내내 잠도 못 자고 준비했겠지?'
'아침이 오면 나팔꽃이 덜 환해 보일 텐데 어쩌지?'
감성쟁이 민달팽이는 새벽부터 눈물을 터트린다.

'어머, 어쩜 좋아. 나팔꽃 줄기 이파리 모두가 나한테 하트를 그려주고 있어!'

민달팽이는 나팔꽃 줄기 이파리가 자신한테 하트를 그려주고 있다고 착각하고는 이 지점에서 다시 한번 감성이 폭발하고 말아 코를 풀어가며 엉엉 운다. 그렇게 울다 지쳐 주춤주춤 바위를 내려 가더니 바위 밑 낙엽 속에 들어 깊은 아침잠에 든다.

'혹시, 빼먹고 안 켠 꽃은 없겠지? 오늘은 이 정도 해야겠어.'

날이 밝아올 때까지 일한 나팔꽃 줄기는 좀 쉬어야겠다고 생각하다가 막 산마루를 넘어오는 해를 멍하니 바라본다.

'오늘은 벌 나비가 많이 오면 좋겠어.'

그새 와서 윙윙대는 벌을 보는 것만으로도 나팔꽃 줄기는 흐뭇하다.

"모모, 안녕. 잘 잤어? 좋은 아침이야."
"굿모닝, 커커. 좋은 아침이야."

윙윙대고 붕붕거리는 벌 소리에 잠에서 깬 머그컵 커커와 나팔꽃 모모가 아침 인사를 나눈다.

"모모, 네가 이렇게 예쁘고 아름다운 꽃을 가지고 있다는 걸 새삼 알게 됐어."

"뭘. 나 때문에 눈부셔서 잠을 설친 건 아닌지 모르겠네."

"음, 아니야. 난 푹 잘 잤어."

"그럼 다행이야. 커커."

모모는 커커가 있는 아래쪽을 내려다보며 말하고, 커커는 자신을 감고 올라간 모모를 올려다보며 말한다.

"넌 아무 때나 이렇게 꽃을 피울 수 있는 거야?"

"그런 건 아니야. 낮의 길이와 밤의 길이를 재어보다가 이때다 싶을 때 피우는 거지!"

"그래? 그럼, 그게 언제쯤인 거야?"

"으음, 칠팔월로 접어들면서, 아주 짧게만 느껴지던 밤의 길이가 조금씩 길게 느껴진다 싶을 때. 그러니까 그때부터지."

"아, 그렇구나!"

"음, 그러니까 내가 꽃을 피우면 덥다고만 여기지 말고 이 더위도 머지않아 물러가겠구나, 생각하면 돼."

아침 해는 그새 산봉우리를 훌쩍 넘어와 나팔꽃에 바짝 다가간다. 나팔꽃 안으로 슬몃슬몃 들어가 온도를 올리며 점점 뜨거

워진다. 나비가 팔랑대는 소리도 벌이 윙윙대는 소리도 점점 뜨거
워진다.

"모모야, 벌 나비가 더 다가오게 보랏빛을 조금만 더 키워봐."

"그럴까?"

"음, 지금도 보랏빛이 선명하긴 한데 아주 조금만 더."

모모가 빛나는 지점은 보랏빛이다. 흰빛을 띠고 있는 커커는
한때 자신을 아무런 색깔도 가지지 못한 밋밋한 존재라고 생각한
적이 있다. 빨간 색깔처럼 눈에 뜨이지도 않고 그렇다고 파란 색깔
처럼 뭔가 시원해 보이지도 않는, 그렇고 그런 존재라 여겼다. 내
색깔은 원래부터 없는 건가, 커커는 적지 않은 시간을 보낸 뒤에야
자신이 어떤 색의 식탁이나 테이블과도 무난하게 잘 어울린다는
것을 점차 알아갔다. 어떤 공간에 있든 돌출되지 않고 스며들어 자
연스레 어우러지는 새하얀 존재란 걸 깨달아갔다. 저마다의 개성
을 밀쳐내는 게 아니라 받아내는 일로 상대의 빛나는 지점을 더욱
돋보이게 하는 존재라는 것도, 상대와 더불어 자신도 묵묵히 반짝
이는 존재라는 것도.

"자, 이 정도면 되겠지?"

"오, 좋아. 아주 좋아."

모모는 커커의 말을 듣고 꽃에 보랏빛을 더한다.

"봐, 벌써 반응이 오잖아!"

벌 한 마리와 나비 한 마리가 나팔꽃 쪽으로 오고 있는 걸 보고 커커가 말한다.

"어휴, 따가워."

해가 점점 위로 떠오르자 나팔꽃 줄기가 힘들어한다.

"모모, 이제 그만 꽃을 닫는 게 좋겠어."

"그래, 그래야겠어."

햇볕이 점점 따가워질 무렵, 모모는 꽃잎을 오므려 꽃의 문을 닫는다.

"이제 좀 쉴 수 있겠네?"

"아냐, 나도 쉬고 싶지만 지금부터는 씨앗을 키워야 해."

모모는 어깨를 늘어뜨린 채 땡볕을 견디며 씨앗을 익혀간다. 작고 무른 씨앗을 조금씩 키우며 단단하게 만들어간다.

"앞으로는 꽃이 시든다고 하지 말고, 씨앗을 키우고 있다고 말해야겠어."

커커가 모모를 올려다보며 큰 소리로 말한다. 커커는 자신이 씨앗을 맺은 건 아니지만 어쩐지 기분이 좋다. 결실을 볼 수 있다는 것 자체가 흐뭇하다.

모모가 안간힘을 쓰며 씨앗을 여물게 하고 있을 때였다. 어디선가 익숙한 발소리가 들려왔다. 고라니 발소리였다. 물을 마시기 위해 아침저녁으로 강가로 내려오는 고라니의 발소리. 고라니는 대체로 자기가 다니는 길로만 다니는데 어쩐 일로 평소 다니던 길을 놓친 모양이다.

"어, 뭐야. 쟤가 왜 이쪽으로 오는 거지?"

고라니는 나팔꽃과 컵이 있는 쪽을 향해 멀뚱멀뚱 걸어왔다. 고라니 발소리가 점점 커지고 있을 때였다.

"꿩, 꿩!"

고라니 발소리에 놀란 꿩이 날아올랐다.

우당탕 우당탕탕!

고라니가 뛰쳐나갔다. 꿩이 날아오르는 소리에 놀란 고라니가
순식간에 투두둑, 나팔꽃 줄기를 밀고 뛰쳐나갔다.

나팔꽃 줄기가 순식간에 우지끈 끊어졌다. 다행히 나팔꽃 줄기
전체가 뜯겨나가지는 않았다.

모모는 순식간에 내려앉았다. 아니 주저앉았다.
"……왜 나한테 이런 일이 생기는 거지?"

혼잣말인 듯 탄식인 듯 내뱉는 모모의 말에 커커는 아무런 말
도 할 수 없었다. 다만 곁을 지키는 일로 위로가 되어주고 있었다.

오랜 침묵이 흐른 뒤였다.
"괜찮아. 난 무엇이든 잘 움켜쥐고 일어서니까."
"그래, 맞아. 그게 너의 가장 큰 장점이지!"
모모의 말에 커커는 힘을 보태고 싶어 큰 소리로 대꾸했다.

그날은 밤새 비가 내렸다. 가을 쪽으로 기울어진 좀 차가운 비
였다.
머그컵 커커는 나팔꽃 줄기를 위해 힘껏 빗물을 모았다. 아직
두어 줄기 남아 있는 나팔꽃 줄기의 몸을 타고 떨어지던 빗물도 컵
의 커다란 입을 향해 떨어졌다.

나팔꽃 줄기는 뿌리에 안간힘을 주어 툭 끊어진 본줄기 겨드랑
이 아래쪽으로 곁줄기를 내밀어 키우기 시작했다. 곁줄기를 다시
본줄기처럼 굵게 키워내 일어서기 시작했다.

"모모, 내 안의 우물을 이용해!"

커커는 자신 안에 담긴 물을 맘껏 퍼다 쓰라고 모모에게 말했다. 채 한 뼘이 되지 않는 깊이의 물이지만 모모에게 어떤 희망을 선물해주고 싶었다.

모모는 줄기 하나를 머그컵 우물 깊이 내렸다. 예전에 딱새 새끼를 키워낼 때 쓰던 빈 둥지까지도 흠뻑 젖은 채 담겨 있어서 머그컵의 우물물은 영양가도 풍부했다.

"커커, 상처가 기분 좋게 아무는 것 같은 느낌이야."
"그래? 뭔가 좋은 징조인 것 같아."
모모는 머그컵 우물에 담그고 있던 줄기의 물관을 최대한 열었다.

"오, 커커. 물이 엄청 잘 올라오는데!"
모모는 새로 가동한 물관 펌프를 이용해 머그컵 우물에서 물을 길어 올려 썼다. 모모는 하루가 다르게 줄기를 키워 뻗어냈고 예전보다 더 많은 나팔꽃을 내놓았다. 줄기마다 꽃을 피운 모모는 지난날들을 더듬어보았다.

지난해 가을, 모모는 강가 풀숲에 떨어진 작은 씨앗 하나에 불과했다. 어떤 모습으로 자라게 될지, 어떤 꽃을 피우게 될지 아직은 아무것도 알지 못하는 작은 씨앗. 모모는 다만, 겨울을 지나면서 단단해진다는 것이 무엇인지 어렴풋이 알게 되었고 봄을 맞이하면서부터는 무엇이든 스스로 해야 한다는 것을 깨닫게 되었다. 그리고 모모는 너무 빠르지도, 아주 느리지도 않게 뿌리를 내리고 떡잎을 내밀었다.

'한데, 나만 왜 이러지?'

당혹스러웠다. 모모는 다른 풀들과는 달리 곧은 모습으로 일어설 수 없었다.

'다른 방법을 생각해봐야겠어.'

모모는 몸을 빙빙 돌려가며 줄기를 뻗었다. 하지만 공중은 까마득하기만 한 것이어서 헛손질을 반복해야만 했다.

'그래, 우선은 기어서라도 가보자.'

모모는 바닥을 기며 하루하루를 살았다. 어쩐지 자존심이 상하는 것 같았고 자신이 자꾸 초라하게 느껴졌다. 그렇다 해도 모모는 거기서 멈출 수 없었다.

'이 차갑고 딱딱한 느낌은 뭐지?'

모모는 바위를 타고 올랐다. 올라가다 미끄러지기를 반복하며 바위를 타고 올랐다.

'부드러운 것 같기도 하고 까칠까칠한 것 같기도 한 이 느낌은 뭘까?'

모모는 덩굴손을 뻗어 죽은 나뭇가지를 타고 올랐다. 나뭇가지를 타고 오르고 나니 뭔가 편안한 느낌이 들었다.

'후유, 이제야 좀 여유가 생기는군.'
줄기를 뻗는 일로 정신없던 모모는 그제야 주위를 둘러봤다.

'어 저건 뭐지?'
모모는 희고 둥근 것을 향해 줄기를 뻗었다. 그리고 드디어 머그컵 커커를 만났다.

"안녕, 난 모닝글로리 모모야."
"모닝글로리? 아 나팔꽃, 모모. 난 머그컵 커커라고 해."
모모는 덩굴손을 뻗어 커커를 슬쩍 안아보았다. 커커에게서 전해져오는 듬직한 느낌이 모모는 좋았다.

이쯤에서 생각을 멈춘 모모는 커커를 바라보며 빙긋, 웃는다. 그리고 혼잣말로 작게 속삭인다.

'나는 늘 네가 있는 쪽으로 기울어 있어.'

9
두려움을 잊은 노래

숨겨진 재능은 아주 우연한 기회에 발견되기도 한다. 정작 자신은 알지 못하는 매력에 어떤 이는 끌리고, 또 어떤 이는 깊이 빠져든다. 누군가의 마음을 잡아끄는 힘은 잘나고 똑똑한 지점에서 나오지 않고 낮고 겸손한 지점에서 나오기에, 커커는 더욱 안타까운 생각이 든다. 뚜뚜가 정작 용기를 내지 못해 묻고 말면 어떡하지, 한참을 망설이던 커커가 또 먼저 입을 연다.

귀뚜라미가 가을밤을 데리고 온다. 차고 맑은 밤을 데리고 온
다. 강아지풀이 꼬리를 치켜들어 달을 간질이는 가을밤을 데리고
온다. 감이 익어가고 밤이 포근포근 익어가는 가을밤을 데리고 온
다. 뚜르르 뚜르르 귀뚜르르 귀뚜라미가 까마득 그립고 아득한 가
을밤을 데리고 와서, 버드나무 강변 물결을 쓸쓸하게 쓸어 모으고
미루나무 강변 뭇별을 반짝반짝 바짝바짝 당겨 내린다.

　　하지만 여느 귀뚜라미와 달리 귀뚜라미 뚜뚜는 깊고 아름다운
가을밤이 두려워 아까부터 가만히 움츠리고 있다. 남들은 다 잘하
는 것 같은 일을 자신만 못하는 경우가 있듯, 남들은 쉽게도 잘 해

내는 것 같은 일을 자신만 못 해내는 경우가 있듯, 남들은 당연하게
도 잘하는 일을 자신만 당연하게도 못하는 경우가 있듯, 혼자만 예
외인 귀뚜라미 뚜뚜.

"난 노래 부르는 게 두려워."

"왜 두렵지?"

침묵하던 뚜뚜가 말하자 머그컵 커커가 되묻는다.

"그거야 잘 안 되니까 그렇지."

"연습하면 되잖아?"

"난 원래부터 못해!"

"원래부터 못하는 게 어디 있어. 제아무리 노래를 잘하는 귀뚜
라미도 처음부터 노래를 잘하지는 못했을걸."

"나도 해봤어. 해보긴 해봤는데 잘 안 돼."

"몇 번쯤 해봤는데?"

"한 두세 번쯤……."

"겨우 두세 번?"

"겨우 두세 번이라니 내가 얼마나 힘들게……."

둘의 말이 잠시 끊어진다.

"귀뚜라미라고 해서 다 노래를 잘할 필요는 없다고 생각해. 하지만……."

"하지만 뭐?"

커커의 말을 뚜뚜가 자르며 말한다.

"하지만 네가 제대로 해보지도 않고 체념한다는 게 어쩐지 나는 좀 안타까워 보여서 그럴 뿐이야."

"내가 측은해 보인다는 거야, 뭐야?"

"그게 아니라, 제대로 해보지도 않고 원래부터 못한다고 확정지어 말하는 게 안타깝다는 거야."

"그게 그거잖아."

뚜뚜가 예민하게 말을 쏘아붙인다.

"뚜뚜야, 실은 말이야."

"실은, 뭐?"

"저번날 밤에 우연히 네가 혼자 노래하는 소릴 들었는데, 난 네 노래에서 묘한 매력을 느꼈었어."

"남의 노래나 엿들었으면서 위로까지 하려 들지 마."

"기분 나빴다면 미안해."

숨겨진 재능은 아주 우연한 기회에 발견되기도 한다. 정작 자신은 알지 못하는 매력에 어떤 이는 끌리고, 또 어떤 이는 깊이 빠져든다. 누군가의 마음을 잡아끄는 힘은 잘나고 똑똑한 지점에서 나오지 않고 낮고 겸손한 지점에서 나오기에, 커커는 더욱 안타까운 마음이 든다. 뚜뚜가 정작 용기를 내지 못해 묻히고 말면 어떡하지, 한참을 망설이던 커커가 또 먼저 입을 연다.

"다른 귀뚜라미들이 노래를 잘한다고 해서 너도 노래를 잘해야 할 필요는 없지만, 넌 노래를 못하는 게 아니라 네 노래의 매력을 아직 발견하지 못한 것 같아."
"그, 그래?"
"응."
커커도 뚜뚜도 작은 목소리다.

고요의 시간이 흐른 뒤였다. 뚜뚜는 커커의 안쪽으로 폴짝, 뛰어 들어갔다.
잠시 호흡을 가다듬은 뚜뚜는 떨리는 마음을 용기로 바꿔 앞날개를 비벼보았다. 왼쪽 앞날개와 오른쪽 앞날개가 맞대진 지점에서 노래가 만들어져 나왔다.

서툴지만 맑고 개성 있는 소리였다.

뚜뚜는 다시 날개를 맞대고는 뚜루루 소리를 낸다. 뚜르르 뚜르르 꿔뚜르르, 뚜뚜의 몸 안에 든 소리가 앞날개 발음기를 타고 밖으로 나오는 순간, 울림통이 되어준 커커는 최대한 침착하게 귀뚜라미가 내는 소리를 받아 퉁겨 올린다. 마치 탄력 좋은 고무공을 부드럽게 퉁겨 올리듯 뚜뚜가 내는 소리를 맑고 밝게 퉁겨 올린다.

"뚜룰루 뚜룰루 뚜뚜 귀뚜루룰루"

뚜뚜가 내는 소리는 바닥을 치고 튀어 오르고, 그 소리는 울림통 벽을 타고 빙글빙글 돌며 퍼진다. 맑고 투명하고 경쾌하게 가을 밤을 울리면서.

"와, 정말 최고야!"

믿기지 않는 소리였다. 자신이 낸 소리에 놀란 뚜뚜는 앞다리에 기분 좋은 힘을 주어본다. 앞다리를 세워 여태껏 내본 적도 들어본 적도 없는 맑고 경쾌한 소리를 내어본다. 얼굴에는 이미 뭔가 되고 있다는 표정이 담긴 뚜뚜, 속도를 더해가며 소리를 키워간다.

뚜뚜가 내는 소리는 실로폰 위로 공이 퉁겨 오르면서 내는 소리처럼 맑고 경쾌했다. 처음엔 한 개의 공이 실로폰 위로 가볍게 퉁겨 오르면서 내는 소리 같았고 다음엔 세 개의 공이 튕겨 오르면서 내는 소리 같았다. 그다음엔 열 개 스무 개의 공이 튕겨 오르면서 내는 소리 같았는데, 어찌나 맑고 경쾌한지 모른다. 열 개 스무 개의 공이 저희끼리 부딪치지도 않고 실로폰 위로 튕겨 오르는 탄력 있는 소리라니.

"음음, 이제 진짜 시작해볼게."
커커가 가만가만 고개를 끄덕였다.

"아 아 아아 아아 아아아 가을밤을 노래하네. 아름다운 그대 안에 들어 아름다운 가을밤을 노래하네……."
뚜뚜가 소리를 풀자 울림통이 되어준 커커가 그 소리를 길게 받아낸다.

뚜뚜는 이내 앞날개를 바이올린처럼 비올라처럼 첼로처럼 켜면서 음량을 조금씩 높인다. 몸에서 나온 노랫소리가 울림통 바닥에서부터 점점 차오르더니 곧 울림통 바깥으로 가볍게 넘쳐 나간다. 맑게 흘러나가 풀잎을 흔들고 나뭇잎을 흔들고 지상으로 내려온 이슬방울을 흔든다. 울림통에서 나온 노래는 이미 가을밤을 데려와 적시기에 충분하고 밤하늘의 별과 달을 강가 풀숲으로 바짝, 끌어내리기에도 모자람이 없다.

컵의 바닥을 차고 뚜뚜가 폴짝 뛰어 나왔다.

"정말 최고였어."

"뭘, 뭔가 좀 쑥스러운 것 같아."

"무슨. 앞으로는 더 자신 있게 해. 알겠지?"

"그래, 알았어. 고마워, 커커."

뚜뚜는 커커에게 감사의 인사를 하고 어디론가 걸음을 옮긴다.

'와, 강물 소리가 참 좋네.'

강가 풀숲으로 나온 뚜뚜가 혼잣말을 하면서 강물을 향해 앉는다. 귀를 세워 강물 흐르는 소리를 듣는다. 강물이 별빛을 일렁이며 흐르는 소리를 듣고 강물이 달빛과 함께 흐르는 소리를 듣는다. 강물이 돌멩이를 치고 나가는 소리를 듣고 강물이 강물 가장자리를 간질이며 흐르는 소리를 듣는다.

'여기가 딱 좋겠어.'

뚜뚜는 울림통 없이 노래 연습을 한다. 강물 소리에 제 노랫소리를 포개 올리면서 노래 연습을 한다. 별빛 일렁이는 소리와 달빛 흐르는 소리에 제 노랫소리를 조심조심 포개 올리면서 노래 연습을 이어간다. 가을밤이 귀를 막고 뒤로 물러서지 않게 소리를 가다듬어 내며, 노래가 되어간다.

"뚜루루 뚜루루 귀뚜루루, 뚜루루 뚜뚜 귀뚜루르."
좀 더 자신 있게 노래하라고 말해주던 커커의 말을 떠올리며 그는 좀 더 자신 있게 소리를 내본다.

"뚜루루 삐익. 뚜루루 삐익 귀뚜루루 삐-익!"
여태까지 내본 적 없는 높은음을 되풀이해 내보내며 자신감을 더해간다. 하지만 그 소리는 자꾸 갈라지고 찢어지고 만다. 자꾸 음정과 박자를 놓치고 만다.

다시 자신감을 잃어버린 뚜뚜는 밤 풀숲을 지나 커커에게로 간다.

"고음이 갈라진 게 중요한 게 아니야. 네가 노래를 했다는 게 중요한 거지."

뚜뚜는 '난 여기까지인가 봐'라고 대답을 하려다가 커커의 말에 힘을 내본다.

"너는 분명 멋지게 해낼 거야."
"음, 그래 난…… 할 수 있을 거야."
뚜뚜는 커커 앞에서 노래해본다. 역시나 고음을 낼 때 소리가 갈라진다. 잘되는가 싶다가도 아무렇게나 찢어진다. 그때마다 커커는 개의치 말고 계속하라는 신호를 보낸다.

"조금만 쉬었다 할까."
뚜뚜는 잠시 쉬면서 뜨거워진 앞날개 발음기를 이슬방울로 식힌다. 이슬로 목을 축이면서 긴장을 푼다.

"음음. 다시 해볼게, 커커."
"잠깐만, 뚜뚜."

나팔꽃 모모가 둘의 말을 끊으며 잠시 기다리라는 신호를 보낸다. 잠시 후, 나팔꽃 모모가 하나둘 보랏빛 무대 조명을 켜기 시작한다. 밝기를 조절해가며 뚜뚜가 있는 쪽으로 환상적인 보랏빛을

쏘아 모은다.

"뚜뚜, 이쪽으로 조금만 움직여봐."

뚜뚜는 나팔꽃 모모가 손짓하는 데로 이동한다.

"됐어. 딱 좋아. 거기가 무대 중앙이야!"

모모가 빙긋, 손가락으로 동그라미를 그리며 말한다.

잠시 자세를 가다듬던 뚜뚜가 노래한다.

뚜뚜의 노랫소리는 풀숲 구석구석을 파고든다. 뚜뚜의 맑고 높은 노랫소리가 풀숲을 지나 강물에까지 가닿아 강물과 함께 경쾌하고 아름답게 흘러간다.

"뚜뚜, 저기 좀 봐."

커커가 밤하늘을 올려다보며 말한다.

뚜뚜가 노래를 하며 가을밤 하늘을 올려다본다. 뭇별과 달이 뚜뚜의 노랫소리를 들으려고 강가 풀숲으로 바짝 내려와 있다가 씽긋씽긋, 눈을 맞춘다.

"와, 관객이 엄청 늘었어."

뚜뚜는 아까보다 자신 있게 노래한다. 스텝까지 밟아가면서 아까보다 훨씬 즐겁고 신나게.

뚜뚜의 공연은 성공적이었다. 뭇별과 달에게서 반짝이는 자신감도 선물받았다.

다음 날 밤이었다. 뚜뚜는 쇠귀뚜라미와 청솔귀뚜라미와 왕귀뚜라미가 모여 있는 곳으로 갔다.

"야, 노래도 못하는 게 여긴 뭐 하러 왔어."

"음, 그냥 지나가다 들렀어."

뚜뚜는 다른 귀뚜라미들이 비아냥대는 소리에도 화내지 않고 차분하게 대꾸했다.

"어쭈. 우리한테 노래 한 수 배우러 오셨나?"

"아니, 그냥 뭐."

"얘들아, 우리 실력을 좀 보여줘야겠다."

왕귀뚜라미 왕왕이가 자기네 영역으로 들어온 뚜뚜를 두고 한껏 빈정댔다.

"그냥, 힘으로 붙어볼래?"

왕귀뚜라미가 왕주먹을 들어 보이며 말했다.

"뚜루루 뚜루루 귀뚜루루, 뚜루루 뚜뚜 뚜루루 귀뚜루르."

뚜뚜는 왕귀뚜라미의 말에 신경 쓰지 않고 노래하기 시작했다.

"어쭈쭈. 저게 감히 누구 앞이라고."

쇠귀뚜라미와 청솔귀뚜라미와 왕귀뚜라미는 잠시 웅성거렸다. 그러다가는 뚜뚜의 노래에 눌려 이내 조용해졌다.

뚜뚜의 노랫소리는 깊은 가을밤 내내, 오래 이어졌다.

그리고 곧 함성이 터졌다.

"뚜뚜, 만세! 뚜뚜 노래 최고!"

커커에게로 간 뚜뚜는 어젯밤 다른 귀뚜라미들과 있었던 얘기를 아무렇지 않은 듯 들려준다. 자신감을 갖는 일이야말로 자신을 아껴주는 최고의 방법인 것 같다는 말도 멋쩍게 꺼내면서, 자신이 용기를 내도록 도와준 마음에 고마움을 표한다.

"넌 이미 두려움을 잊은 노래야!"

10

간질간질한 이 느낌

습관처럼 마실 것이나 담던 내가 이렇게 많은 일을 해내다니, 커커는 어쩐지 자신이 흐뭇하게 느껴진다. 비운다는 것은 채울 준비를 마쳐두었다는 것, 커커는 자신의 안쪽을 비워두었기에 이 모든 일이 가능했으리라 여긴다.

강 언덕에 산국화 피었다.

바람이 불 때마다 산국 냄새가 강물 위로 찰랑찰랑, 쏟아져 스민다. 꽃잎 안에 담겨 있던 산국 향기가 맑고 투명한 강물 위로 찰랑찰랑 쏟아져, 찰바당찰바당 번진다. 동그라미 동그라미 동그라미, 동그라미 위에 동그라미를 그리며 동그라미 동그라미 동그라미, 동그라미 위에 그리운 마음을 겹쳐 그리며 샛노란 산국 향기, 멀리멀리 스미고 번져 흘러간다.

'산국이 가고 나면 곧 차고 긴 겨울이 몰려올 텐데 어쩌지?'
강 언덕에 올라 산국과 강물을 번갈아 보고 있던 도마뱀 도도가 혼잣말을 흘리자, 강 언덕 풀숲은 문득 쌀쌀해지고 쓸쓸해진다.
또 생각난 듯 이파리를 떨구는 버드나무도, 껑충하게 서서 가을 강
물을 흘려보내던 미루나무도 문득문득, 고요하게 쓸쓸해진다.

'차고 긴 밤은 또 어떻게 견딘다지?'
도마뱀 도도는 방향을 틀어 강가 풀숲으로 향한다.

괜찮아, 괜찮아, 아직은 괜찮아, 억새가 하얀 손 내밀어 외롭고
쓸쓸한 마음을 가만가만 닦아보는 강가 풀숲, 풀들은 그새 몸에서
분주히 진초록을 빼내고 있다. 언덕 아래 구절초와 강둑길 코스모
스가 돌아갈 채비를 서두르고 있는 사이, 메꽃 줄기 몇은 이미 처음
왔던 씨앗 속으로 돌아갔다. 여태 까마득 물컹한 까마중 열매나 엉
성하게 움켜쥐고 있는 까마중은 아직 아무런 대책도 없어 보이고.

'어디 아늑하고 따뜻한 방 없나?'
녀석은 뭔가가 떠오른 듯 걸음을 재촉한다.

"이 둥글고 아늑한 방을 좀 쓸 순 없을까."
도마뱀 도도는 커커의 어깨 위로 올라선다.

오, 푹신푹신한데! 여기에 있으면 쓸쓸하지도 쌀쌀하지도 않겠어, 녀석은 머그컵 방으로 쑥 들어간다.

"날 위해 낙엽 이불까지 깔아놓은 거야?"

녀석은 너스레를 떨면서 낙엽 이불을 둘러쓰고 가만히 엎드려본다. 와 어쩜 이렇게 따뜻하고 아늑하지, 녀석은 머리를 빼죽 내밀고 맑고 파란 가을 하늘을 올려다본다.

"기분 좋게 쓸쓸한 가을볕이야, 커커. 이 둥글고 아늑한 방 좀 당분간만 쓸 수 없을까."

"이미 정해놓고는 묻긴 왜 묻는 거지, 도도."

녀석은 찡긋, 감사 표시를 하고는 바닥에 찰싹 달라붙는다. 그래 이번엔 내가 따뜻한 방이 되어줄 수 있겠구나, 커커는 끝이라고 느끼던 지점에서 '새로운 처음'을 시작하던 지난날을 더듬어본다. 장다리꽃 향기를 담아보고, 머그컵 성(城)이 되어보던 시절에 닿아본다. 사춘기 소년의 마음을 안아보고, 신혼부부의 알을 품어보던 때를 당겨와 바라보다가 외로운 이의 외로움을 달래주는 침실이 되어보던 시간과 비를 막아내는 지붕이 되어보던 날에 들어 자신의 모습을 들여다보기도 한다. 감성에 젖은 눈물을 받아주기도 하고, 상처 입은 줄기에 물을 올려주기도 하던 때는 또 어떤가. 노래

울림통이 된 가까운 가을밤까지 떠올려보던 커커는 다시금 지금의 시간에 다다른다. 습관처럼 마실 것이나 담던 내가 이렇게 많은 일을 해내다니, 커커는 어쩐지 자신이 흐뭇하게 느껴진다. 비운다는 것은 채울 준비를 마쳐두었다는 것, 커커는 자신의 안쪽을 비워두었기에 이 모든 일이 가능했으리라 여긴다.

"자꾸 들고 싶은 방이야."
"그렇다니 다행이야, 도도."
잠깐 밖으로 나와보던 녀석이 다시 둥근 방으로 들어간다. 누구한테 포근히 안겨 있는 기분이랄까, 녀석은 그저 평안하고 아늑한 느낌이 좋다. 무엇보다 커커의 품 안에 들어 있는 셈이니 스산하다는 느낌이 가을 내내 들지 않을 것 같아서 좋다.
"커커, 겨울이 오기 전까지만 이 방을 쓸게. 괜찮겠지?"
"계속 써도 괜찮아."
"진짜?"
"그럼, 진짜고말고."
"아냐, 겨울이 오기 전까지만 쓰면 돼."
녀석은 여기에서 당분간 지내면서 본격적으로 월동을 할 장소를 물색해봐야겠다고 생각한다.

"푹 쉬었니?"

"응, 푹 쉬었어. 커커."

"그렇다면 다행이야."

"빈말이 아니라. 정말 끝내주는 방이었어."

녀석은 둥근 방에서 하룻밤 잘 쉬었다. 방은 아늑하고 따뜻했다. 외풍도 없었고 촉촉한 습기도 딱 적당했다.

볕 좋은 가을 아침이다.

도도는 커커의 둥근 품에서 나와 강가 바위 위에 올라앉아 강가를 내려다본다.

'올겨울을 날 월동 장소를 슬슬 알아봐야겠지?'

녀석은 강에서 올라오는 강물 냄새를 맡아보며 언제쯤 겨울이 올지를 가늠해본다.

'아, 정말 상쾌한 가을 아침이야.'

녀석은 콧구멍을 벌름벌름, 가을바람을 들이마셔보다가 맑고 투명한 햇살 한 줄기를 목 안쪽으로 훅 빨아들인다.

'적당히 쓸쓸하고 적당히 따뜻한 가을볕이야.'

녀석은 문득 가을볕이 아깝게 여겨진다.

'저기 모래밭이나 좀 걸어볼까?'

도도는 바위 아래에서 내려와 강가 모래밭을 걷는다. 아주 천천히 걷고 있는 도도를 아침 가을볕이 부드럽게 안아준다. 아 이런 느낌도 괜찮지, 도도는 모래밭을 걸을 때마다 발바닥에 전해져오는 약간의 간지러움과 뒤꿈치를 슬쩍 들어 올리게 할 정도의 따끔거림이 묘하게 좋다.

'그간 나는 여유가 뭔지도 모르고 빠르게 빠르게만 살아왔어.'

녀석은 가급적 느린 걸음으로 모래밭을 걷는다.

'이 이파리는 누가 내려준 거지?'

도도는 고개를 들어 아침 강변 주위를 둘러본다.

'나라면 내 몸만 따뜻하게 할 것 같은데, 나무는 그러지 않네!'

녀석은 강가에 훌쩍 큰 키로 서 있는 미루나무를 멀뚱멀뚱 올려다본다. 바람이 오기를 기다렸다가 미루나무가 최대한 멀리 나뭇잎을 날려 보내는 것을 말뚱말뚱 쳐다본다.

'나라면 나뭇잎을 뿌리가 있는 쪽으로만 떨어뜨려 겨우내 내 발등이나 따뜻하게 할 텐데 나무는 그러지 않고 주위 것들에게 골고루 나누어 주네! 작고 여린 것들은 겨우내 저 낙엽 이불을 덮고 있으면서 겨울을 나겠지?'

녀석은 나뭇잎이 그냥 막 아무렇게 떨어지는 것이 아니라는

걸 알고는 나무의 마음을 더듬어보다가 자신의 마음도 가만가만 들여다본다.

'그래 맞아. 지난겨울 나는 보들보들 썩은 나무속으로 들어가 겨울을 춥지 않게 날 수 있었지.'

녀석은 문득 그간 느끼지 못했던 감정에 대해 생각해본다. 고마워하는 대신 당연하게만 여기던 이기적인 마음에 대해서.

내 뒷모습도 아름다워 보이면 좋겠어, 녀석은 뭔가 대단한 걸 발견한 이처럼 자신을 대견스러워하면서 둥근 방으로 간다. 놓쳤던 마음 하나를 겨우 발견했을 뿐인데 걸음이 경쾌해지고 머리가 상쾌해진다. 작은 풀들이 가볍게 흔들리고 있는 모습도 아름다워 보이고, 작은 풀꽃들이 꽃을 거두어 돌아가고 있는 모습도 아름다워 보인다. 예전엔 그저 그렇다고 여기거나 시큰둥하게 여겼던 것들이 한껏 고귀해 보인다.

"커커, 나한테 이렇듯 따뜻하고 아늑한 방을 내줘서 고마워!"

도도는 아침 강가에 나가 느꼈던 감정에 대해 쫑알쫑알 얘기한다.

"그래, 엄청난 걸 얻어 왔구나!"

"나 이러다 시인 되는 거 아닌지 모르겠어."

"못 될 것도 없지, 뭐."

유쾌한 수다를 떨던 도도가 뭔가 두근거리는 몸을 일으킨다.

"지금 당장 나무에게로 가보고 싶어!"

"왜?"

"모르겠어. 나무한테 관심이 생겨서 그런가."

"그래 그럴지도 모르지. 관심이 생기면 더 가까이 가보고 싶고 더 자세히 알고 싶어지니까."

녀석은 나무에게로 가서 나무를 안아보고 싶다고 생각한다.

"아직 올라보지 않았던 나무 꼭대기에도 꼭 닿아볼 거야!"

"와, 근사하고 멋진 생각인걸!"

녀석은 커커에게 손을 흔들고는 미루나무가 있는 곳으로 향한다.

안녕, 도도는 미루나무 둥치에 닿아 미루나무에게 손을 번쩍 들어 보이고는 둥치에 붙어 오르기 시작한다. 열 발짝 스무 발짝 서른 발짝 마흔 발짝…… 위로 올라가다 멈추고는 가지에 걸터앉아 먼 곳을 바라본다.

'와, 저 거대한 물줄기 좀 봐!'

녀석은 강물이 거침없이 꿈틀거리며 산을 돌아가는 광경을 보고는 놀란다. 늘 보아왔던 강물이지만 여태 보지 못했던 경이로운 모습이라니.

'이래서 조금 멀리 떨어져서 보라는 건가?'

녀석은 처음 보는 것처럼 오래전부터 알고 있었던 강물을 오래 내려다본다.

'조금만 더 올라가볼까?'

녀석은 미루나무 둥치를 타고 다시 오르기 시작한다. 위로 올라갈수록 무서워지기도 하지만 조금만 더 위로 올라가면 좀 더 경이롭고 대단한 무언가가 보일 것만 같다고 녀석은 생각한다.

'그래, 조금 더 높은 곳으로 가보자.'

녀석은 어느새 미루나무 꼭대기 근처에 닿아 가볍게 흔들리고 있다. 와아, 녀석은 시야가 탁 트인 풍경을 바라보면서 자신도 모르게 입을 쩍 벌린다. 녀석은 여전히 입을 다물지 못하는 상태로 더 거대해 보이고 더 대단해 보이는 강줄기와 능선을 바라본다. 한참 뒤에야 입가로 흘러내리고 있는 침을 손등으로 닦아낸다.

'강줄기와 능선이 만든 선이 이렇게 우아하고 아름다운 줄은 몰랐어, 어, 뭐야. 내 머리 바로 위까지 구름이 내려오고 있잖아.'

도도는 문득 구름을 만져보고 싶다는 생각이 간절해진다.

'그래 조금만 더, 조금만 더.'

미루나무 맨 꼭대기 얇은 가지 끝에 닿은 도도는 간들간들 낭창낭창 매달려 구름을 잡으려다가 그만 발을 헛디디고 만다. 일순간 한쪽 팔을 겨우 뻗어 가지 끝에 대롱대롱 휘청휘청, 매달린다.

'아, 이대로 죽는 건가.'

미루나무는 가지 끝에 있는 힘껏 힘을 주어 도도를 안전한 곳으로 퉁겨주었다.

"으악, 도도 살려. 내가 날아가고 있어. 아니 추락하고 있어!"

녀석이 외치는 소리는 강가 풀숲으로 넓고 깊게 퍼져나간다.

빙글빙글 뱅글뱅글 퉁겨 나간 도도는 부드러운 곡선을 이루며 곧 지상의 낙엽 더미 위로 떨어진다. 트램펄린 위로 붕 솟아올랐다가 내려올 때처럼 탄력을 유지하며 푹신푹신한 낙엽 더미 위로 안전하게.

하지만 정작 녀석은 추락하고 말았다고 여기던 순간 정신을 잃어, 깔끔하고도 완벽하게 쭉 뻗어 있다.

도도의 비명을 듣고 단숨에 달려와준 이는 귀뚜라미 뚜뚜다. 뚜뚜는 낙엽 더미 위에 회백색 배를 드러내고 쭉 뻗어 있는 도마뱀 한 마리를 발견하고는 먼저 간 생명체를 향해 안타까운 듯 조의를 표한다. 그러고는 세상에서 가장 슬프고 애잔한 장송곡을 불러주는 일로 도마뱀을 저세상으로 보내준다.

　'뚜우루우루우 뚜우루우루 이제 가면 언제 오나 뚜우루우루우 미련 없이 잘 가시오, 귀이뚜우루우루우 훌쩍훌쩍.' 자신도 모르게 자신을 향해 불리던 장송곡을 얼떨결에 따라 부르던 도도가 문득 일어나 자신의 심장에 손을 대어본다. 손을 가만히 대고 두근대고 있는 자신의 심장 소리를 끔뻑끔뻑 느껴보다가 벌떡, 등을 뒤집는다.
　'오, 미루나무 낙엽이 나를 살려주었어. 신이 나를 살려준 거야!'
　자신이 죽지 않고 살았다는 걸 낙엽 더미 위에서 확인한 도도는 경건한 자세로 미루나무와 신에게 감사함을 표하고는 둥근 방으로 향한다.

　"완전히 죽었다 살아났다니까. 정말 느끼는 바가 많아."

"네가 나쁘게 살지 않아 너를 살려주었을 거야. 미루나무도, 신도!"

미루나무 꼭대기에서 떨어졌는데도 무사했다는 도도의 너스레를 듣고 있던 커커가 말했다.

맑은 공기와 맑은 날이 녀석은 어쩐지 새롭고 깊게 느껴진다. 앞으로는 누구보다 자신을 아껴주고 챙겨주는 삶을 살아야겠다는 마음도 든다. 도도는 문득 새로운 깨달음을 준 미루나무한테 가서 고맙다는 마음이라도 전하고 와야겠다고 생각한다.

"설마 다시 나무에 오르진 않겠지?"

"걱정 마. 고맙다는 마음만 전하고 올 테니까."

도도는 미루나무를 향해 걸음을 옮겼다. 풀과 풀 사이를 지나고 낙엽이 뒹구는 돌밭을 지나 미루나무 쪽으로 갔다.

'오 이건 뭐야!'

녀석이 막 둥근 바위를 돌아 나아가려 할 때, 무언가가 정면을 가로막고 서 있었다. 뭐지? 녀석이 짧게 물음표를 찍어보는 사이 어떤 물체가 콧구멍을 발름거리며 입을 벌리고 있었다.

날카로운 가시를 온몸 가득 세우고 있는 고슴도치였다. 으악, 녀석은 곧바로 방향을 틀어 도망쳤다. 뒷발이 까지는 줄도 모르고 줄행랑을 쳤다. 헉헉, 숨을 헐떡이며 커커의 품으로 달려와 안겼다. 후후, 둥근 방에 들어 낙엽을 뒤집어쓰고 마음을 진정시켰다.

"괜찮아?"
"응 괜찮아!"
도도는 커커의 말에 짧게 대답을 하다가 뭔가가 허전하다는 걸 느꼈다. 고개를 돌려보니 꼬리가 보이지 않았다. 녀석이 고슴도치를 맞닥뜨린 순간, 자신도 모르게 꼬리를 잘라내 고슴도치를 당황하게 했고, 그 틈에 도망쳐 온 것이다.

"뭔가 자꾸 허전하네."
"괜찮아. 곧, 새 꼬리가 나올 거야. 넌 좋은 도마뱀이니까!"
커커가 해준 말은 도도에게 따뜻하게 다가갔다. 괜찮다는 말도, 새 꼬리가 나올 거란 말도, 너는 좋은 도마뱀이라는 말도, 도도에게 다가가 큰 위안이 되고 큰 힘이 되어주었다.

'아무 말도 아닌 것 같은데 어쩜 이렇게 한마디도 버릴 게 없

지?'

　그새 새 꼬리가 나오려는지, 도도는 꼬리가 있던 자리가 간질간질하게 느껴졌다.

　'이 간질간질한 기분 좋은 느낌은 뭘까?'

(이렇듯 저마다의 자리에서)

"아빠, 여기 컵이 있어."

커커는 송사리 몇 마리와 함께 소년의 집으로 왔다. 그리고 지금은 꽃병의 일을 하고 있다.

"엄마, 아빠가 새로 꽃을 꽂았어."

강가 풀숲 미루나무 아래에 혼자 놓여 있던 커커는 지금 다만 여유롭고 향기로운 시간을 즐긴다. 혼자 남겨지던 두려움을 이겨내고 세상을 넉넉하게 품어내는 모습으로.

우리는 존재하는 것만으로도 이미 충분한 가치가 있고 쓸모가 있다. 그런 우리는 소소한 만남과 관계를 이루어가며 서로에게 조금은 더 소중한 존재가 되어가는 동시에 자신의 쓸모와 가치를 알아간다. 보이지 않는 안쪽을 키워간다. 커커가 강가 풀숲에서 만났던 배추흰나비 나나, 일개미 일일이, 소년 참게 차차, 딱새 부부 따따와 띠띠, 깡충거미 외로로, 땅강아지 삽삽이, 민달팽이 핑핑이, 나팔꽃 모모, 그리고 귀뚜라미 뚜뚜와 도마뱀 도도, 이들이 우리에게 새삼, 그걸 알려줬다. 커커가 조금은 더 크고 친근하게 느껴지는 것은 아마도 이 때문일 것이다.

　세상에 완벽한 존재는 없다. 그렇다고 쓸모없는 존재도 없다.

어떤 이는 향기로운 삶을 살아가기도 하지만 자신에게 맞는 일을 찾지 못해 방황하는 이도 있다. 사춘기 소년처럼 철없이 굴기도 하고 서툴고 이기적인 마음 탓에 사랑을 놓치기도 한다. 지독한 외로움에 시달리는 이가 있는가 하면 남들이 쓸모없다고 여기는 일에 거침없이 삶을 밀고 나가는 이도 있다. 기쁜 눈물이든 슬픈 눈물이든 눈물을 흘려야 하는 날들은 오고 다시는 일어설 수 없을 것 같은 절망의 나날이 계속되기도 하지만 기어이 꽃은 핀다. 아니 피워낸다. 남들이 다 잘하는 일을 나도 잘할 필요는 없지만, 자신의 진짜 매력을 놓치지 않는다면 지금의 삶이 얼마나 귀하고 가치 있는지를 알게 될 것이다. 그리고 챙겨주고 배려해주는 손길에 대한 고마운 마음을 잊지 않는다면 자신을 아끼고 사랑하는 법도 점차 알아가게 될 것이다. 커커는 어쩌면 이렇듯, 저마다의 자리에서 자신의 존재와 쓸모를 알아가는 이들의 모습을 담아내 그대에게 들려주고 싶었는지 모른다. 주연의 자리가 아닌 조연의 자리로 비켜선 채로.

운이 좋게도 커커는 작고 소소해서 아름다운 삶의 이야기를 담아왔다. 그리고 지금은 그 이야기들을 하나하나 꺼내 마음에 대어보기 좋은 시간. 창으로 들어오는 볕이 맑고 투명하다.
차고 외롭고 긴 밤이 와도 두렵지 않겠다.

세상을 담고 싶었던
(컵 이야기)

초판 1쇄 발행 2020년 6월 17일
초판 2쇄 발행 2020년 7월 27일

지은이 박성우
그린이 김소라
펴낸이 김선식

경영총괄 김은영
기획편집 윤세미 **크로스교정** 조세현 **책임마케터** 권장규
마케팅본부장 이주화
채널마케팅팀 최혜령, 권장규, 이고은, 박태준, 박지수, 기명리
미디어홍보팀 정명찬, 최두영, 허지호, 김은지, 박재연, 배시영
저작권팀 한승빈, 이시은
경영관리본부 허대우, 하미선, 박상민, 김형준, 윤이경, 권송이, 김재경, 최완규, 이우철
외부스태프 디자인 형태와내용사이

펴낸곳 다산북스 **출판등록** 2005년 12월 23일 제313-2005-00277호
주소 경기도 파주시 회동길 357 3층
전화 02-704-1724 **팩스** 02-703-2219 **이메일** dasanbooks@dasanbooks.com
홈페이지 www.dasanbooks.com **블로그** blog.naver.com/dasan_books
종이 한솔피엔에스 **출력·인쇄** 갑우문화사

ISBN 979-11-306-3021-2 (03810)

다산북스(DASANBOOKS)는 독자 여러분의 책에 관한 아이디어와 원고 투고를 기쁜 마음으로 기다리고 있습니다.
책 출간을 원하는 아이디어가 있으신 분은 다산북스 홈페이지 '투고원고'란으로 간단한 개요와 취지, 연락처 등을
보내주세요. 머뭇거리지 말고 문을 두드리세요.